BONDAGE

La historia de Angie Collens

Kalu Arba

La historia, los lugares y los personajes que se encuentran
en esta obra son puramente ficticios.

CONTENTS

BONDAGE: (ingl.) juegos de ataduras o inmovilizaciones, que pueden hacerse con cuerdas, cintas de cuero, seda, pañuelos, cadenas, etc., con un propósito estético, o para inmovilizar a el/la sumiso/a durante una sesión o durante su uso sexual.

* * *

BDSM: (abrv.) acrónimo para la comunidad que practica una sexualidad no convencional y para los estilos de vida con intercambio de poder (EPE), entre otros. Su significado viene a ser Bondage y Disciplina, Dominación y Sumisión, Sadismo y Masoquismo.

* * *

ALGOLAGNIA: anomalía del impulso sexual, con tendencia a las sensaciones dolorosas, ya en forma activa como el sadismo o pasiva como en el masoquismo.

PRIMERA PARTE: ANGIE COLLENS

Capítulo I: Introducción

Quizá la primera pregunta sea: ¿cómo llegué hasta acá? Pues, como todo: es un viaje. En el camino se van descubriendo tanto cosas buenas como malas, pero si llegas a un lugar que te gusta, tarde o temprano regresas.

El vértigo, la adrenalina y el placer, son algunas de las cosas que me hacen sentir viva. Se trata de pequeños momentos que parecen colosos y me recuerdan por qué decidí tomar mis últimas decisiones, reafirman mi deseo y me embarcan a la exploración de mis confines.

A lo largo de este relato voy a utilizar palabras que, si bien son muy comunes, muchas veces se desconoce su significado o implicancia. Aprovecharé este momento para aclarar todo eso.

El dolor tiene muchas acepciones que todos suelen resumir, equivocadamente, en algo atestado de negatividad. Es muy importante comprender y discriminar lo que empíricamente significa cada tipo de dolor antes de emprender este viaje.

Usted, bien le gusten hombres o mujeres, seguramente alguna vez se ha (o le han) introducido algo en el recto. Y de no ser así, sinceramente, le aliento a intentarlo.

Y, aclaro, no es que esto se trate de una oda a la sodomía. Pero me he cansado de oír hombres encantados con aquellas mujeres que han mojado un dedo y lo han puesto a trabajar durante el acto.

Aquello es, y principalmente las primeras veces, algo que se suele llamar doloroso. Pero es innegable el placer que nos supone repetirlo una y otra vez.

Entonces, el dolor muchas veces puede ser algo asaz agradable, y otras veces rebosante de horribilidad. Dependerá de usted descubrir cuales son sus límites en este campo.

Del mismo modo que le hablé del dolor y probablemente imaginó algo malo, si hablo de amor la mayoría imaginará algo hermoso, bondadoso y repleto de colores. Pero lo cierto es que nuevamente estamos ante algo que no es precisamente como lo creemos.

¿Ha oído hablar de los amores tóxicos? Pues ese es un claro ejemplo. Me resultaría muy extraño que usted nunca haya sentido celos. Es algo muy común, que nos hace sentir mal y que, de hecho, está muy mal.

Y ni hablar de lo que ocurre con aquel hermoso amor cuando nuestra pajera nos traiciona, nos abandona o nos lastima. En segundos sentimos que nuestro mundo se derrumba y nos invade una nostalgia que se convierte en nuestra compañía durante un buen tiempo.

Es que nada es tan simple como bueno o malo, ni como hermoso o feo. Todas las cosas que nos rodean son complejas y es caer en un error simplificarlas en apenas dos o tres palabras.

Muchas cosas también resultan ser desagradables en nuestro primer contacto. ¿Recuerda usted la primera vez que probó una bebida alcohólica? La mayoría ha arrugado su cara tras ingerirla, pero, por alguna extraña razón, han vuelto a hacerlo otra vez y encantados.

Nuestra conclusión aquí es que ni el dolor es malo ni el amor es bueno. Y si profundizamos aún más: ni lo malo es tan malo ni lo bueno es tan bueno. Podría escribir páginas y páginas filosofando sobre todo esto, pero vamos, que no es lo que nos ocupa el día de hoy.

Sentirme sumisa, vulnerable, obediente a la voluntad de una persona, a su perversión y sus caprichos;francamente, me enloquece. Es un viaje por el mundo de los sentidos y lo ininteligible, o críptico, de la mente humana.

Algunos necesitan confiar en esta persona y otros, quizá imprudentemente, ven a la ausencia de confianza como un condimento más. La cuota de morbosidad, supongo, es lo que nos diferencia a unos de otros por estos lares.

Muchos dicen que es cosa de locos, yo creo que todos estamos algo locos. En algún punto de nuestras vidas nuestra locura se refleja. Nadie puede escapar de lo que quiere o desea, y nadie puede explicar en el fondo los fundamentos de lo que persigue.

¿No es un destello de locura aquel amor vehemente que algunos tienen hacia once futbolistas que corren tras una pelota? ¿Y no es algo loco subir a nuestras redes sociales lo que sea que estemos haciendo?

¿Y qué hay de los que aman a distancia? ¿Y los que viven soñando un futuro por el que jamás mueven un pelo? ¿O los que rezan en una iglesia a alguien que jamás vieron pero que, inexplicablemente, sienten que está ahí?

Al fin y al cabo, la vida es una sola y yo felicito a todos aquellos que encontraron algo que les apasiona. Sin importar qué es lo que sea, mientras no afecte a otra persona, ese pequeño lugar, momento y acción que les hace felices, es todo lo que necesitan para enfrentar la vida.

El individuo, para ser, necesita quitar lo furtivo de sus deseos. Requiere de un valor para nada atenuado, que lo impulse a enfrentar todo lo que se imponga entre él y aquello que le hace amar a la vida, la naturaleza y al prójimo.

¡Vivan los que se han encontrado en este mundo perdido! ¡Vivan los que han roto las cadenas que la sociedad nos ha impuesto! ¡Vivan los que disfrutan de cada segundo como si fuera el último!

Y para aquellos que aun no lo han logrado: todavía están a tiempo. Es cuestión de tomar un espejo que no nos ayude a vernos, sino a conocernos. Hay que ver más allá de lo que permiten los ojos.

¿Qué hay allí, debajo de toda esa piel, huesos y carnes? ¿Qué sueños, deseos, anhelos y fantasías pasan por nuestras cabezas antes de dormir? ¿Cuáles son esas que jamás les dijimos a nadie?

Mi nombre es Angie Collens, y hoy les contaré mi historia. Cómo conocí todo esto, cómo comencé y cómo me volví una aficionada a estas prácticas.

Mi historia es la de una mujer que aprendió a ver más allá y que luego jamás quiso volver al más acá.

Los prejuicios que se traen, deben dejarse en la puerta antes de entrar.

Capítulo II: Angie Collens

Nací un veintisiete de enero del año mil novecientos noventa y uno. En el hospital de un pequeño pueblo perdido en el interior, mis padres decidieron que me llamaría Angie, y hoy, a mis veintinueve años, estoy contándoles mi historia.

Fui una persona obsecuente desde que tengo memoria. Siempre obedecí lo que me ordenaban y esto se volvió parte de mi personalidad. Realizaba en tiempo y forma las tareas que me encomendaban en mi hogar y en la escuela antes de cualquier otra cosa.

Cada vez que mis amigas proponían algo yo decía que sí, aunque no quisiera. Únicamente desarrollé la posibilidad de decir que no a las propuestas para nada decentes de los hombres, que jamás me faltaron.

Y digo que nunca me faltaron porque, de cierto modo, siempre mantuve mi encanto. Mis padres me exigían que mantuviera una vida saludable y me mandaron al gimnasio desde joven. Allí fue donde formé las curvas que suelen robarse las miradas en la calle.

Así fue mi vida con mis padres. Desarrollé un fuerte hábito de lectura y entrenamiento que mantengo hasta hoy. Las frutas, las verduras, la higiene y el ejercicio me permitieron gozar de una salud muy buena y de un cuerpo fuerte, duro y bello.

Esto no significa que jamás llevé a cabo algunas prácticas "poco saludables" como el consumo de alcohol o de tabaco. Creo que, si no se genera una adicción, si el consumo es moderado y no tan frecuente, entonces no tiene nada de malo.

En aquel pueblo solían organizarse bailables a los que asistíamos todos los jóvenes, y en esos lugares solía hacerlo. Nunca terminé vomitando por exceso ni fumando más de tres o cuatro cigarrillos en una noche, pero sabía divertirme.

La gente era bastante tímida allí, pero, salvo

ciertas excepciones, era mucho más respetuosa que en las ciudades. Nos conocíamos entre todos y eso mantuvo siempre un grado de confianza y seguridad que recién valoré y extrañé el día en que me fui a la ciudad.

Usé casi siempre el pelo suelto. El rubio oscuro que nacía en mi cuero cabelludo no llegaba hasta mi cintura, pero era bastante largo y muchas personas decían que hacía resaltar el celeste de mis ojos.

La escuela siempre fue el lugar en donde más brillé. Era la que siempre se sentaba adelante, participaba en clase y era querida por los profesores. Mis notas eran las más altas de mi curso y terminé siendo la indiscutible abanderada.

Esto probablemente tenga mucho que ver con mi hábito de lectura, pero si buscamos un poco más adentro, fue siempre la curiosidad la que me movió hacia todos lados.

No leía porque me gustase la forma de las letras o de las palabras. Tampoco era poesía, y muy raras veces tocaba alguna novela o algún cuento que no sea para una tarea de literatura.

Quería saber cómo era el mundo, qué cosas había en él y cómo funcionaban. Me encantaba leer sobre la vida y tradiciones de otras culturas muy lejanas, indígenas y tribus que ya no existen.

Esa curiosidad siempre me ayudó a aprender con una velocidad superior a la media. Cuando alguien me explicaba algo, prestaba tanta atención y trataba de exprimir tanto esas palabras, que siempre terminaba preguntándole algo que no me podía responder.

¿Novio? Jamás. Si, había en el pueblo algunos chicos que me parecían atractivos, pero nunca quise atarme a alguno de ellos. Mi prioridad era el estudio y mi familia siempre me dijo que algún día tendría tiempo y tranquilidad para esas cosas "del amor".

La sexualidad era algo sumamente reprimido que quedaba, exclusiva y únicamente, para la vida privada de las parejas. Esto jamás, bajo ningún contexto, debía salir de allí.

La pornografía, el sexo con más de una persona en un corto lapso de tiempo, a la vez y/o con una pareja del mismo sexo, entre muchas otras cosas, eran sumamente castigados.

Por supuesto que esta reprimenda no era algo impuesto por una ley u ordenanza, sino que, peor aun, desde el seno de la propia población surgían las peores y más injustas condenas sociales.

La información corría de boca en boca y con mayor velocidad que hoy, aun careciendo de internet. Si alguien tenía alguna novedad sobre una persona, era necesario solo un día para que todos estén al tanto.

Todos hablaban muy mal de aquel tema y, tarde o temprano, esto terminaba afectando tristemente a quien solo haya decidido tener una sana y natural aventura.

Recuerdo que una vez uno de los vecinos escuchó ruidos extraños en una casa abandonada, se acercó para ver lo que ocurría y cuando entró vio a una chica con dos hombres.

Ella estaba en *coito a tergo*, o, para entendernos mejor: en cuatro. Uno de los chicos la estaba penetrando y ella le practicaba una *felación* al otro. Según el testimonio de quien los encontró, los tres salieron corriendo, cubiertos apenas con sus prendas, al percatarse de que habían sido descubiertos.

La gente estaba tan indignada que la mujer pasó casi un año completo evitando salir de su casa para que todos se olvidaran de lo que había ocurrido.

En ese momento había algo en mí que hacía ruido. Comencé a preguntarme por qué la mujer estuvo con dos hombres si podría haber estado con uno, pero jamás me atreví a preguntar.

Estas actitudes comenzaron a molestarme cuando me marché. Mientras vivía con mis padres, compartía la idea de que esas prácticas eran malas y debían evitarse, pero jamás me había preguntado por qué motivo.

Crecí con una idea muy romántica del amor. Del príncipe azul que llegaría y se robaría mi corazón, el que siempre me protegería y con el cual lo haría por primera vez.

Cuando las redes sociales aún no dominaban el mundo y la internet formaba parte de esas cosas raras de las que hablan científicos, en los pueblos se vivía de una forma mucho más atrasada que en las ciudades.

Esto explica, quizá, por qué existían costumbres y creencias que resultan tan anticuadas ante los ojos de hoy. Y, aunque todavía siguen presentes, es innegable como ha avanzado la idea de libertad sexual.

Allí se pasaba mucho tiempo en casa, los padres les trasmitían a sus hijos lo que habían heredado de los suyos y así se transmitían estas cosas.

Quizá nadie lo hacía por maldad, yo intuyo que no sabían el daño que hacían y lo que se perdían de vivir, pero esa era la dura realidad.

Y ahí estaba yo. Una persona sencilla, tranquila y de hábitos. Saludable y aplicada, la que siempre terminaba sus quehaceres antes de hacer cualquier otra cosa y que jamás tenía problemas con los demás.

SEGUNDA PARTE: SENTIMIENTOS

Capítulo III: Primer contacto

Hace diez años atrás tuve que abandonar el pueblo en donde crecí. Mis padres, felices de la carrera que había elegido pero nostálgicos por mi partida, me alquilaron un departamento en la ciudad en la que viviría hasta el día de hoy.

Allí comenzaron muchas historias, cambios y experiencias. Conocí nuevas personas y algunas de ellas llegarían a ser piezas muy importantes para convertirme en quien les está contando esta historia.

Estaba ansiosa por comenzar la universidad, explorar la libertad de vivir sola y hacer muchas amigas. Sabía de las responsabilidades que conllevaba manejarme por mí misma en una ciudad que no conocía, pero nada de eso me atemorizó.

Mi departamento era bastante lindo. Estaba amoblado con muebles de algarrobo. Tenía un pequeño vestíbulo, una cocina/comedor, un baño, una habitación y un espacioso balcón en el tercer piso.

Las paredes blancas exponían impacientes cualquier pequeña mancha que se les hiciera. Algunas plantas necesitadas de agua eran las únicas ventanas por las cuales podía disfrutar de la naturaleza.

En cuanto a la facultad, me equivoqué al pensar que me llenaría de amigas. La carrera de ingeniería en sistemas estaba colmada de hombres.

Pero estar en escasez hizo que seamos muy unidas. Nos conocimos muy rápido y nos sentábamos casi todas en el mismo sector del aula. Allí conocí a quien sería mi mejor amiga: Anabella.

Ella era de aquí y me ayudó a ubicarme en la ciudad. Salíamos a caminar y así logré conocer algunas calles principales en las que, tras poco tiempo, podía andar sin perderme.

Pero sobre todo se convirtió en una persona con la cual podía contar siempre que necesitase de alguien.

Si me sentía mal por extrañar a mi viejo hogar, siempre se ofrecía para hacer algo conmigo. Tomar un café, salir a caminar o correr, ir al cine o simplemente dejar pasar el tiempo juntas.

Ella me contaba sobre todas las cosas que le pasaban y yo hacía lo mismo. Me hablaba de su infancia, sus vacaciones, sus exparejas y de los domingos que había pasado, obligada por su madre, en una iglesia.

Formé con ella la amistad que quizá me había faltado en el pasado. Encontrar a alguien en quien confiar cuando estas lejos de tu casa y en un lugar que no conoces, tiene un valor incotizable.

* * *

La persona que más me marcó en esta etapa de mi vida se llama Brandon. Él también había comenzado a estudiar el mismo año que yo y tampoco era de aquí. Aunque nadie me lo había dicho, la extraversión de los locales, tan carente en nosotros, era una característica sumamente perceptible.

Si bien nunca habíamos cruzado palabras, fue el profesor quien, en un intento por hacernos más sociables, armó grupos para realizar un trabajo práctico y a mí me tocó con él.

Por supuesto que al no conocerlo le dije que hiciéramos el trabajo en alguno de los salones de la facultad, y ese mismo día, durante la tarde, nos conocimos.

Fue poco lo que avanzamos, perdimos más tiempo entre charlas que trabajando. Él también venía de un pueblo y nos pasamos largo rato riéndonos de las distintas tradiciones que teníamos en común.

Nos hacíamos muy amigos a medida en que nos conocíamos y lo invité a continuar con el trabajo en mi departamento al día siguiente. Se ganó mi confianza por todo lo que compartíamos y así pasó a ser un contacto más en la acotada agenda de mi celular.

Había olvidado darle mi dirección por lo que se la escribí en un mensaje y, luego de media hora, el aturdidor sonido del timbre me indicó que había encontrado mi domicilio.

Completamos el trabajo en no mucho tiempo y luego nos sentamos en el balcón para compartir galletitas y una gaseosa. Un leve y placentero viento peinaba nuestros cabellos mientras oíamos las disonantes melodías de los motores y las bocinas.

Entre risas, teorías conspirativas y conversaciones cautivantes, él se atrevió a sugerir que deberíamos tomar cerveza en vez de gaseosa, así que pactamos ir a un bar durante el fin de semana.

Me gustaba mucho verlo reír. El sol tintaba como nieve la blancura de su piel, los rulos dorados que salían enloquecidos de su cabeza no bailaban con el ritmo de la música sino con la cantata del viento.

Sus pequeños ojos de color miel se achinaban cuando sonreía y cuando la luz le golpeaba. Apenas medía algo más que yo, y su delgado cuerpo parecía un prototipo de ser humano manufacturado únicamente con huesos.

Tenía algo atractivo en su rostro, pero realmente nunca pude descubrir qué es lo que era. La forma simétrica de su cara y cómo trasmitía la alegría cuando dibujaba una curva con sus labios a la vez que cerraba los ojos, supuse que podía ser algo de eso.

❋ ❋ ❋

Era la primera vez que saldría a un bar desde que había llegado a la ciudad, por lo que envolví mi cuerpo con el mejor vestido que esperaba en mi armario, resalté algunas cualidades con algo de maquillaje y luego llegó mi cita.

Fuimos caminando, jugando como niños a no pisar los cerámicos blancos de la acera monocromática. Pateábamos piedras y reíamos, hablábamos y reíamos, nos empujábamos y reíamos, nos enamorábamos y reíamos.

Bebimos una cerveza tan fría como el invierno, pero molestos por el volumen de la música que nos impedía escucharnos y el humo de cigarrillo que nos asfixiaba.

Decidimos que sería mejor si comprábamos cervezas en algún quiosco y las tomábamos en mi balcón. Pedimos la cuenta y luego me tomó del brazo al salir, eso fue gracioso, porque parecíamos recién casados saliendo de una iglesia.

Las cervezas se terminaron calentando por el tiempo tan fugaz que duramos en el balcón. Sucedió todo tan rápido que no hubo lugar para los tragos.

Elogió mi ropa y mi maquillaje, seguido a eso algunos sutiles cumplidos escaparon de su boca y todo terminó dentro de mi habitación. Esa fue mi primera vez.

Aún recuerdo como latía mi corazón durante la primera vez que veía a un hombre tal y como había venido al mundo. Los detalles que tan detenidamente aprecié, mientras intentaba escapar de la presión de lo desconocido frente a mis ojos.

De su cuerpo delgado, pálido y con muchos lunares, desprendía su condición suficiente y necesaria de hombre, la que por primera vez vi, olí, probé y sentí.

Pasamos largo rato tocándonos y conociendo nuestras zonas incógnitas. Nos besamos en lugares que ni el sol conocía, nos acariciamos con la suavidad de una pluma y le echamos leña al fuego de un deseo que crecía al ritmo de nuestras palpitaciones.

También recuerdo su paciencia a la hora de hacerlo. Yo no dudaba quererlo, pero temía a lo que podría llegar a sentir. Fue un ingenuo miedo a lo ignoto, mientras él lograba que sienta miles de cosas menos la indiferente sequedad.

Hacía un poco de presión y luego me calmaba reposando su boca en la mía, en mi cuello y en mis pechos. Acariciaba mi pelo y a mi oído le decía todo lo que su cuerpo sentía al entrar en contacto conmigo. Fue tan sincero como sucio.

Mi estrechez tuvo la suerte de su perseverancia. Hacer el amor es un trabajo hermoso, pero supone de doble esfuerzo la primera vez. Él era ese príncipe azul que llegaba a robarme la doncellez como si aquello tuviese un valor trascendental.

Cuando se dio fue maravilloso. Habrán sido unos veinte minutos de movimientos suaves, penetrantes y repletos de romanticismo. Nos conectamos, nos unimos como si estaríamos hechos el uno para el otro y recién lo descubríamos.

El sonido de su respiración y el calor de su aliento podría volver a sentirlo si cerrara los ojos. Sus suaves manos recorriendo cada centímetro de mi piel y sus ojos cuando los abría y me miraba fijamente.

Con sus manos haciendo dos huecos en la cama, el olor de su perfume y el calor de su cuerpo que penetraba en el mío, logró inmortalizar el momento en que, con la vergüenza en descenso, emití mis primeros gemidos.

El instante preciso, cuando agarró mis muñecas y las sostuvo por encima de mi cabeza sin dejarme moverlas, fue cuando conocí en primera persona algo que había escuchado tantas veces mencionar: un orgasmo.

Llegado el momento en que nuestros cuerpos habían escupido los movimientos finales, él fue a tirar el preservativo y volvió para que yo pudiese recostarme sobre su pecho y oír el relajante sonido de su corazón.

Había sido mucho más que sexo, aquella noche hicimos el amor. Cumplimos nuestro deber, con el único pecado de nos estar casados, pero cómplices de saber lo que se estaba gestando.

Estábamos traspirados, desparramados sobre las sábanas destendidas y con nuestros frutos prohibidos aún palpitantes de calor. Envueltos por una calma que nos invitaba a dormirnos, no logramos resistir a su persuasión.

En ese momento me di cuenta de que estaba enamorada, y así fue como comenzó mi primer amor.

* * *

Era un chico vigorosamente romántico. Llegaba a mi refugio desarmándome con espadas de rosas, chocolates y abrazos. Me decía todos los días cuanto me quería y no perdía oportunidad de hacerme sentir la persona más afortunada del mundo.

Pasábamos tiempo hablando de como sería nuestro hogar si algún día nos casábamos y como llamaríamos a nuestros hijos. Parecíamos niños jugando a especular sobre un futuro lleno de fantasías.

Todos los días tenía algo nuevo para contarle a Anabella. Él siempre me sorprendía con algo romántico y yo sentía la necesidad de una sana presunción. Ella se reía y me trataba de venturosa, porque según su experiencia la mayoría de chicos eran idiotas.

Dos adolescentes envueltos por un amor primaveral. Él tenía todo lo que una chica a esa edad podía querer. Era hermoso, tierno, gracioso y un compañero de oro. Nos apreciábamos tanto que ambos teníamos una copia de las llaves del departamento del otro.

A veces se iba antes de la facultad y, cuando yo

llegaba, me sorprendía con alguna comida excéntrica o algún detalle. Aunque me asustaba, encontrármelo allí luego de un día agotador era lo que más me relajaba.

Nos gustaba mucho experimentar con nuestros cuerpos. Probábamos cosas que veíamos en internet y nos decíamos todo lo que nos gustaría que el otro hiciera, al igual que las fantasías, que todos los días aparecían.

Comenzamos por cosas sencillas como mirar pornografía juntos, hacerlo en lugares poco comunes o probar poses extrañas que a veces veíamos en la web y otras veces surgían de nuestra imaginación.

Una vez vimos un video en el que se mostraba una alta carga de violencia. Por motivos que escaparon de mi conocimiento, sentí como mi ropa interior se humedecía y tuve el deseo de emprender una exploración.

Ya en pleno acto, le pedí que me golpeara, él dudó mucho y no estaba seguro, pero al final accedió. Ahí fue cuando comencé a descubrir que ese tipo de cosas aumentaban de manera incomprensible mi apetito sexual.

Con Brandon tuve mi primer aproximación a este mundo en el que luego adentré. Pequeños detalles que, mediante susurros, trataban de anticiparme, aunque sin éxito, el futuro que se vaticinaba.

Una noche llegó a mi departamento y dijo que había traído un regalo para ambos. Se ganó mi curiosidad cuando me advirtió que era como un juego, pero que no estaba obligada a utilizarlo.

Había pasado por un sex-shop que había en la ciudad y había comprado unas esposas de metal, muy similares a las que usan los policías. Cuando las vi me reí y comencé a hacer bromas al respecto, pero estaba completamente dispuesta a utilizarlas.

Esa noche esposó mis manos a mi espalda y me hizo arrodillar para que le practicara sexo oral. En mi imaginación pasaron miles de escenas posibles con aquellas esposas, pero no fue para nada lo que me esperaba.

Cuando vi que las traía y me miraba sensualmente, creí que utilizaría mi cuerpo para saciar sus perversiones. Extrañamente, de un modo que no podía comprender, eso provocó ciertas sensaciones en mí que no había sentido antes.

Al igual que mientras mirábamos el video y sentí húmeda mi ropa, la primera vez cuando me tomo de las muñecas o la vez en que me golpeó durante el coito. Solo que esta vez era únicamente mi cabeza la que hacía el trabajo.

Fue como algo frío. Como si entregarle mi cuerpo, despojada la posibilidad de moverme, me daría algún tipo de satisfacción extra mientras él hiciese todo lo que quisiera conmigo.

Esas sensaciones lograron excitarme de una forma distinta a las demás, con mucha mayor intensidad y elevando mi deseo a niveles que no pensé que existiesen.

Al estar inmovilizada, él podría haber hecho conmigo miles de cosas que podrían ser para nada placenteras, pero justamente era ese el punto.

El simple hecho de que tenga la posibilidad de hacer cualquier cosa, aunque yo no quisiera que las hiciese, me provocaba un estímulo muy fuerte. Probablemente, si hubiese hecho algo malo, no me gustaría.

Él sabía, medianamente, qué me gustaba y qué no, pero una vez que el metal presionara mis muñecas, tenía la oportunidad de hacer lo que le saliera de los huevos. Y eso fue lo que me calentó: que tuviese el poder.

Al final todo fue mucho más sutil de lo que imaginé. Cada vez que intentaba hacer algo me pedía autorización, eso le quitaba gran parte de calor al momento. Quizá deberíamos haber pactado los límites antes, para evitar las interrupciones, pero aún así quedé fascinada.

Esa noche, luego de experimentar tímidamente con las esposas, me propuso noviazgo.

Recuerdo que olvidé todo aquello que había sentido respecto al sexo y lloré de la emoción. Comencé a repetir que sí tantas veces hasta que se echó a reír. Me besó y se quedó a dormir conmigo.

Había esperado tanto ese momento que le quité importancia a todo lo demás. Formalizaríamos nuestra relación y eso para mí significaba un paso más cerca de aquella fantasía de pareja feliz para toda la vida.

Esa noche, antes de dormirme, solo pensé en cómo le caería a mi familia cuando se los presentase y cómo le caería yo a la suya. Miles de escenarios con finales dichosos en mi cabeza lograron llenar mi cuerpo de felicidad.

* * *

A la mañana siguiente me preguntó respecto de las esposas y le dije que me habían gustado. También le expresé, sin titubeos, mi conformidad con que siguiéramos comprando cosas para experimentar.

Cuando llegué a la facultad busqué casi corriendo a Anabella para contarle lo que había ocurrido. La sonrisa en mi cara era tan notoria que ella comenzó a reír antes de que le dijera.

Luego de hablar durante largo rato de mi reciente noviazgo, hice uso de la confianza entre ella y yo para hablarle respecto a la experiencia sexual que había tenido.

Pensé que se sorprendería, pero no fue así, sino que hasta me aconsejó. Me dijo que si quería probar algo fantástico, tenía que comprar un anillo que se colocaba en el pene y arriba tenía un vibrador.

Para ella era algo normal. Un par de esposas

o algún que otro juguete erótico era algo que cualquier pareja de por aquí había probado alguna vez.

Pensé en mi pueblo y eché a reír. Me imaginé a las señoras fanfarronas, volviendo de la iglesia y siendo esposadas por sus gordos maridos mientras las penetraban con una lata vacía de cerveza barata.

Luego de imaginarme todo eso me sentí cruel. ¿Había cambiado algo en mí sin que me diera cuenta? Nunca antes hubiese pensado en aquellas personas en su intimidad, menos de manera jocosa.

Cuando me volví a encontrar con Brandon, le hablé sobre el anillo y se mostró interesado en probarlo, pero el tiempo pasó y nunca más tocamos ese tema.

De vez en cuando usábamos las esposas conmigo o con él, pero ya no volvió al sex-shop y a mí me daba mucha vergüenza entrar allí.

Podría decirse que esta fue mi primera insatisfacción en la cama. Su creatividad para utilizar las esposas estaba tristemente limitada y yo no me atrevía a pedirle aquello que hasta trataba de pensar que ni siquiera deseaba.

Quería experimentar cosas de ese tipo, pero no me animaba a decírselo. Temía que me juzgase tal y como lo hacían en mi pueblo y eso impedía que le dijera algo. Con solo pensarlo, la vergüenza se manifestaba en un escalofrío.

No quiero decir que el sexo con él era decepcionante, porque para nada lo era. Simplemente faltaba algo, una chispa o quizá un incendio. La vivencia de volver a hacer algo por primera vez.

Tampoco entendía muy bien qué era lo que quería experimentar. Solo sabía que había algo en todo eso que me atrapaba y deseaba poder descubrirlo para explotarlo, pero no era tan evidente para mí.

Al final, traté de restarle importancia. Yo amaba estar con él, con o sin esposas, estaba perdidamente enamorada y en ese entonces no había nada mejor que estar debajo de las sábanas con el amor de mi vida.

* * *

Un día nublado, mientras navegaba por internet, encontré la página web del sex-shop en donde exhibían todos los productos que tenían a la venta.

Descubrí que no era necesario ir hasta el local para hacer una compra. Con solo elegir un producto, dejar mi dirección y un número telefónico, era suficiente. Luego vendrían hasta mi domicilio para efectuar la venta.

Pasé varios minutos mirando todo lo que allí había y muchas cosas me habían dejado atónita. No entendía como funcionaban ni la mitad de los productos que vendían, por lo que preferí comenzar por algo muy sencillo.

Compré un top de red para usar sin corpiño, una micro tanga del mismo color negro y unas medias largas, también de red, para usar con mis tacos.

Siempre me gustaron las prendas negras y mucho más las de cuero sintético. Los colores rojo, rosa y negro siempre me parecieron la implícita adecuación de todo lo que tenga que ver con la estimulación erótica.

Un delivery en una moto había llegado con el pedido y mi cara parecía un tomate cuando bajé. Me entregó en una bolsa de cartón lo que había pedido y me cobró el importe.

Apenas cerré la puerta de mi departamento fui directo a probármelo. Me veía tan bien que decidí ponerlo en acción en ese mismo momento.

Usé un tapado largo para que no se notara lo que llevaba puesto y me encaminé hacia la casa de Brandon con pasos rápidos, ansiosa por ver su reacción tras verme.

Abrí lentamente la puerta para que no me escuche y oí que el televisor de su pieza estaba encendido, por lo que asumí que estaba allí. Entré y dejé colgado al lado de la puerta el tapado que traía.

El enorme espejo que estaba parado en su antesala, me dijo que me vía ardiente. Me quedé unos minutos con él, tratando de corregir cualquier imperfección que se hubiese provocado durante el viaje.

Mis pechos forzaban por escaparse de la red del top, pero solo mis pezones lograron salir de allí. Si me veía de costado parecía tener la cola desnuda, y el maquillaje de mi cara me dejaba preparada como para una sesión de fotos no aptas para menores.

Quería despertar el deseo sexual que, de algún modo tácito, sentía que estaba perdiendo. Pensé que quizá de esta manera podría verme como quería que me viera y hacérmelo como quería que me lo hiciera.

Al fin y al cabo eran solo prendas, no me parecían motivos suficientes como para que dijera algo malo o pensara cosas feas sobre mí. Quería ponerle algo de condimento a nuestra relación y sorprenderlo como él lo había hecho tantas veces conmigo.

Cada paso que di lo hice con suma precaución, para mi suerte, el televisor estaba demasiado alto como para oír que me acercaba.

La puerta estaba entreabierta, tomé el picaporte y la moví con extrema paciencia y lentitud, tratando de ser imperceptible. Cuando el espacio fue suficiente asomé mi cara entre la puerta y la pared para ver si realmente estaba allí.

Fueron segundos los que necesitó mi maquillaje para fundirse entre las lágrimas. Sentía que mi corazón era de vidrio y que se estaba rompiendo en miles de pedazos cada instante que seguía allí parada.

Aquel caluroso día se volvía tan frío que me congelaba. Mis ojos y mis oídos recibían miles de puñaladas, cada una más dolorosa que la anterior.

Me tapé la boca para que mi llanto no sea motivo de interrupción, di media vuelta y me alejé de esa habitación como si fuese el mismísimo infierno. Oculté mi fracaso con el tapado y me largué corriendo hasta mi departamento.

Todo se sentía tan irreal que hasta yo parecía una caricatura. Lo que le conté a Anabella acerca de mi relación le había gustado tanto que había decidido probarlo por sí misma.

Estaba de espaldas, arrodillada sobre la cama con sus manos en la pared mientras Brandon la tomaba de la cintura y se la follaba como quizá esperaba que ese mismo día me lo hiciera a mí.

Mi mundo se derrumbaba y me sentía tan pequeña que hasta el polvo podía golpearme como el mejor boxeador. El aire quemaba mis pulmones y el cielo parecía alejarse cada vez más.

La ciudad me ahogaba con el sonido de los coches moviéndose hacia todas direcciones al igual que las personas. Me sentía tan mareada que en un momento creí que iba a caerme y hundirme en la acera.

Cuando llegué a mi cama, fue la almohada la que absorbió mis lágrimas. Nunca antes había llorado tanto y me sentía tan estúpida que dejé marcas de uñas en mis brazos.

Un año de relación se iba de manera repentina e inesperada, todo lo que quería en ese momento era cerrar los ojos y teletransportarme a la casa de mis padres. Necesitaba un abrazo y mi única compañía fue la soledad.

Pasó como una hora hasta que logré calmarme. Me lavé la cara y salí a la calle. Entré en un quisco y pedí la bebida más fuerte que tuviese a la venta.

Volví a casa, destapé el vodka y tomé desde el pico de la botella como si fuese agua, un agua con propiedades somníferas que efectivamente cumplió su propósito.

Quería romperlo todo, también a mí misma. Anhelaba poder escupir en la cara de Brandon y la de Anabella mientras estaban juntos. La nostálgica inestabilidad me convertía en alguien que no conocía.

El alcohol me había mareado, pero la imagen seguía repitiéndose como un bucle en mi cabeza. Mi cara estaba hinchada y mis ojos rojos pero, en algún momento que no recuerdo y de alguna manera que tampoco, logré dormirme.

* * *

A la mañana siguiente, casi al mediodía, me encontré con mensajes y llamadas perdidas de Brandon. Fingía estar preocupado porque no sabía nada de mí y quería que le hablara para conciliarse con la tranquilidad.

Dos horas después de su último mensaje también me escribió Anabella, por lo que era evidente que habían hablado sobre mi repentina desaparición.

Al rato llegó. Escuché el sonido de sus llaves en la puerta y en mi cabeza reinaba la furia. Cuando vio mi cara entendió que algo andaba mal y me preguntó qué era lo que estaba sucediendo.

En ese momento deseaba no decirle absolutamente nada de lo que había visto. Fingir que había discutido con alguien para que sigamos juntos y ese mismo día acostarme con la primera persona que me cruzara en la calle.

Pero no pude resistir la necesidad de sacarme lo que llevaba dentro. Pude decirle todo sin soltar una sola palabra, apenas un movimiento de mi mano que colisionó contra su cara y lo hizo retroceder, fue suficiente para que tuviese una idea de lo que ocurría.

No se lo esperaba, y a decir verdad, yo tampoco. Hice que su cara girara y hasta casi se cayó. Sus pequeños ojos crecieron como la luna llena y, por si fuera poco, tomé las llaves que tenía de su departamento y se las arrojé.

—¿Qué te ocurre? ¡Te has vuelto loca! —fueron sus palabras.

Le dije que no saldría ni una palabra más de mi boca hasta que no me devuelva las llaves de mi departamento. Me mantuve firme en esa postura hasta que accedió.

Cuando le conté lo que había visto su rostro dejaba ver el nerviosismo y los latidos de su corazón que golpeaban con fuerza. Quizá había sospechado que alguien me había dicho sobre él y Anabella, pero al haber sido mis ojos quienes vieron todo, no podía excusarse.

Hizo lo típico de un mediocre. Dijo que se había equivocado y pidió perdón. Rogó por otra oportunidad de tal manera que tuve que amenazarlo con llamar a la policía si no se retiraba de mi departamento.

Cuando se fue me sentí un poco mejor. Había logrado descargar parte de mi enojo y del dolor en esa cachetada, pero, de todos modos, seguía en mí el recio sentimiento de querer desaparecer de la faz de la tierra.

Capítulo IV: Adecuación

No pasaba un día en que no recibiera un mensaje de él. Podría haberlo bloqueado, pero de cierto modo me hacía sentir mejor ver como se arrepentía (o decía hacerlo). Lo odiaba y necesitaba verlo sufrir aunque no creyera en nada de lo que me decía.

Me registré en una página de internet que era para conocer personas. Usé mi segundo nombre por precaución y subí una foto en donde llevaba una remera escotada que acababa en mi ombligo, un negro pantalón bastante corto y las medias de red que había comprado.

Allí veía fotos de hombres y debía seleccionar si me gustaban o no. Cuando se daba que ambos nos gustábamos, la página nos redirigía a un chat para que comencemos a hablar.

Había de todo. Viejos, jóvenes, gordos, flacos y hasta asiáticos. La plataforma mostraba personas de la ciudad, priorizando aquellos más cercanos o con compatibilidad de gustos, y había tanta variedad como cantidad.

No era para nada típico de mi usar este tipo de páginas. De hecho, más de una vez fui querellante de los peligros que implicaba meterse con personas por estos medios. Pero en ese momento todas mis ideas estaban nubladas por una indócil sed de venganza.

Quería estar con otros hombres por dos razones: por un lado, para vengarme de Brandon, y por el otro, para olvidarme de él. Sí, tan estúpido como suena.

Hablé con varios tipos, pero casi ninguno lograba cautivarme. La mayoría me enviaba una foto de su pene antes de hablar y, sinceramente, eso le quitaba mucho interés.

No quiero decir que no me gustaba verlos, pero ¿qué tan aburrido puedes llegar a ser como para que lo más interesante que puedas mostrarme sea tu miembro?

Él único que logró atraparme era demasiado adulto y eso no me agradaba. Se llamaba Daniel, decía ser un médico de treinta años (once más que yo) y que no se encontraba en pareja.

De todos modos seguí hablando con él. Un hombre que era cuidadoso al hablar, entre tantos idiotas, resultaba ser como un palacio en los arrabales.

La conversación siguió y admito que ambos pusimos de nuestra parte para tocar temas que dejaban entrever las intenciones libidinosas que nos habían llevado hasta allí.

La sutileza y la ambigüedad se fueron transformando hasta que en un momento, muy cuidadosamente, me preguntó si había algo fuera de lo común que me guste hacer durante el sexo.

Dudé en responderle, pero aproveché el cierto anonimato del que disponía y le conté mi experiencia con mi exnovio y las esposas. Le dije que eso me había gustado y su respuesta fue un emoticón de ojos saltones.

Me dijo que a él le encantaban las mujeres que practican esas cosas, pero que lastimosamente, son muy difíciles de encontrar. Luego de sus palabras, le confesé que siempre quise seguir experimentando, pero que mi ex había perdido el interés en hacerlo.

Luego de mi confesión, él demostró un exhaustivo interés en conocerme. Dijo que yo le parecía una mujer especial y que estaría encantado de poder conocerme.

Me resultó gracioso pensar en que podía decirle a mis padres que tenía una cita con el médico y que lo que se imaginarían no tendría absolutamente nada que ver con la realidad.

Era interesante y respetuoso. Las finas palabras que utilizaba al hablar me despertaban una suerte de atracción intelectual. Más allá de nuestra diferencia de edades, creí que él sería lo mejor que encontraría y accedí a su propuesta como en un acto de rebeldía.

Claro que no olvidé que se trataba de algo riesgoso. Escogí un bar especial por su concurrencia y para burlarme del significado que tenía para mí.

Acordamos una fecha, pero su descomedida atracción hacia mí pareció volverse endeble por su sugerencia de dejar morir la conversación en pos de ahorrar temas de charla para nuestro encuentro próximo.

Esa simple inacción causó estragos en mi psique. ¿Por qué el simple hecho de que dejara de hablarme me había generado tanto deslumbramiento? Él se había mostrado muy interesado en mí y de un segundo a otro había puesto todo en dudas.

La atracción parecía funcionar exclusivamente de manera unidireccional y permutable, pero se alejaba de la reciprocidad. Era como una pelota que nos pasábamos de uno al otro.

La edad había dejado de hacerme ruido. Pensé que quizá sea eso lo que necesitaba: un hombre maduro que respete lo que tengamos y en el cual pueda confiar sin salir lastimada. Aunque paradójicamente no me hablase.

No estaba segura de si podría enamorarme de nuevo. Lo único que sabía es que mis padres jamás aprobarían algo así. Pero ya era mayor, vivía sola y me encontraba despechada, no tenía que darle explicaciones a nadie.

* * *

Su cuerpo dejaba en evidencia que, al igual que yo, solía internarse en el gimnasio. Una barba corta y muy prolija simulaba ser una sombra en su cara que se fundía con sus cortas patillas y hundía el chocolate de sus ojos.

Su ropa era muy distinta a la que estaba acostumbrada a ver. Tenía una camisa blanca con algunos botones desprendidos que jugaba a ser un capullo mostrando algunos pétalos y cerrándose para sumergirse dentro de un pantalón negro.

Usaba zapatos de iglesia y un reloj dorado en su

muñeca izquierda, para cotizar en alza el valor su tiempo. Daba la impresión de que cada segundo con él debía tener una medida importancia, de lo contrario era un desperdicio.

El bar era el mismo al que había ido con Brandon, pero esta vez me senté más lejos de los parlantes y lo observé minuciosamente mientras se acercaba a la mesa.

El aspecto de lozanía en su semblante era el artificio perfecto para disipar los años que lo acompañaban. Esbozó una amena sonrisa al reconocerme que volvió profuso aquel efecto y me ruborizó, monopolizando la ruptura del hielo en sus labios.

Comimos una pizza napolitana y, cuando quise pedir cerveza, me dijo que él conocía algo mucho mejor. No recuerdo el nombre que tenía la bebida, pero si su fuerte color rojo y su deleitante sabor. Aumenté la demanda de tiempo al beber, inducida por el alto grado de alcohol.

Me entretuvo contándome crónicas de sucesos que le habían tocado vivir en la clínica donde trabajaba. Nunca imaginé reírme con tanto regocijo ante los divertidos eventos que allí solían ocurrir.

Le hable sobre mi historia con Brandon y él escuchó cada palabra como si trataría de descifrarlas. Era tal la atención de psicólogo que me prestaba, que algunas veces perdí el hilo de lo que estaba diciendo.

Miraba sus penetrantes ojos que permanecían

fijos, como buscando encantarme, y vaya que lo lograban de manera inaudita. Intenté soslayar cualquier indicio de su eficacia de manera verborrágica, aunque muchas veces inconexa.

Dejó un espacio de solo unos segundos luego de mi torpe palabrerío y me dijo que si necesitaba olvidarme de algún exnovio, solo debía irme con él, ya que luego no recordaría ni su nombre.

Entendí que lo decía con doble intención: por un lado trataba de ser gracioso y por otro lado intentaba ver mi reacción para darle el carácter formal de propuesta si intuía tener alguna chance.

Me reí y fui sincera al confesarle que, si bien me parecía muy atractivo, no sentía nada por él. Tras mis palabras, se quedó mirándome con un claro semblante de sorpresa, luego me compartió su opinión al respecto.

En la primera impresión, me pareció estúpido lo que me había dicho. ¿Sexo sin amor? Nunca había imaginado algo así. Para mí el sexo sin sentimientos de por medio era algo inexistente, o, a lo sumo, una práctica exclusiva entre hombres y prostitutas.

Él me parecía sumamente deseable, eran su personalidad y su físico los que, colmados de masculinidad, producían un alboroto afrodisíaco en mí. Sin embargo, quería mantener aquella idea romántica de sexo afectuoso en la cúpula de mi predilección.

Se puso a reír ante mi indignada respuesta y me

dijo que habíamos destapado un sustancioso tema para debatir. Además, me aclaró que en ningún momento fue su intención tratarme como ramera si así lo había interpretado.

—Enamorarte de una persona es cortarte las alas. Una conducta cuasi suicida que te invita a la dependencia y te despoja de toda tu libertad. Te somete al capricho humano de otra persona que cree tener un poder especial sobre ti. No hay nada más alejado del buen sexo que el amor —me dijo.

Sus palabras me dejaron pensando, pero lo que más me sorprendió fue su última frase. Puedo hacer el intento de abrir mi mente y entender que hay personas que tienen sexo sin amor, pero ¿evitar el amor? Cada vez me parecía más tonto lo que oía.

—Pero no es amor lo que describes. Amor es cuidar a una persona y tratarla de tal modo que en su libertad ella prefiera estar contigo, por lo tanto, no es coercitivo. Y durante el sexo es el momento en el cual le entregas tu cuerpo a una persona que es especial para ti —respondí.

—Amor libre es lo que sientes por un familiar, por un amigo o por una mascota. A quienes no les quitas el aprecio por compartir sus andanzas con un tercero. Y para que te des cuenta, es con esas personas con las que jamás tienes algún deseo sexual. Entonces, ¿por qué el sexo debe guardarse con exclusividad para un amado?

—Porque son distintos tipos de amores —contesté

titubeante.

—Tú has dicho que amar es cuidar y tratar bien a una persona, pues eso es entonces el común denominador del amor. ¿Qué lo diferencia del que sientes hacia una pareja?

—No me lo he preguntado —le respondí azorada.

—Yo creo que todas las cosas en exceso son malas, y el amor es un exceso de cariño. Cuando estás con una persona a la cual quieres, disfrutarás de su compañía sin prohibirle la compañía de otros; disfrutaras de su sexo sin creerte el único con la potestad de hacerlo; y querrás lo mejor para ella sin la idea incongruente de que tú eres el único apropiado —sentenció.

Se detuvo y se quedó mirándome a los ojos unos segundos, como esperando que reflexione sobre sus palabras para luego continuar.

—Ahora bien, en cuanto al sexo, me parece ridículo que las personas suelan amarrarlo a un sentimiento. El sexo es algo físico, un encuentro entre cuerpos, no entre sentimientos. Es una búsqueda de placer, donde ese es el único objetivo. Cierras los ojos y solo sientes, el trabajo de tu corazón en ese momento es exclusivamente palpitar.

—¿Y por qué hace tiempo atrás todos se conservaban para llegar vírgenes al casamiento? —le pregunté.

—Porque la sociedad siempre actuó excluyendo su

raciocinio. También, hace tiempo atrás, se encarcelaba a los homosexuales, y un poco más atrás también asesinaban a quien simplemente se atreviera a estar con alguien de su mismo sexo. No puedo responderte con la contundencia que tu pregunta requiere, pero es evidente que a la sociedad siempre le molestó la libertad.

Antes de que pudiese contestarle, agregó:

—El divorcio es algo moderno. Imagínate si hubieses vivido antes de su legalización y te hubieras casado con una persona para la cual te reservabas. Luego del matrimonio descubres algo que no te gusta, por ejemplo, el tamaño de su miembro. ¿Qué harías? Pues nada, la sociedad ya te había condenado. Y ni hablar de lo que ocurría si te atrevías a desafiar a la ley. Utilizar las costumbres como vara medidora de lo que está y bien o mal, es el peor error que puedes cometer.

—¿Entonces, para ti, el sexo debe separarse del amor?

—Cada cual debe vivirlo como se le plazca. Lo que yo sostengo es que cuando no hay amor de por medio, el encuentro se da por el deseo hacia la otra persona. Cuando el amor es el protagonista, es él quien produce el encuentro y por lo tanto el placer pierde su unicidad como objetivo. Puedes amar a una persona por su forma de ser, pero eso no implica que ames lo que hace contigo debajo de las sábanas. En cambio, cuando es solo placer lo que buscas, tendrás mucha mayor precisión para fijar un objetivo que te haga vivir un momento único.

Sus palabras engolfaron en mi cabeza y permanecieron trepidantes como electrones alrededor de un núcleo. En ese momento me di cuenta de que había muchas convicciones arraigadas en mí, quizá trasmitidas como costumbres, pero que no tenían ninguna explicación.

Una de ellas era que quería casarme en un futuro. Tras reflexionarlo entendí que en realidad no tenía una razón o necesidad aparente para hacerlo, era solo una idea firme que estaba ahí presente y que no sabía desde cuándo ni por qué.

Me molesté conmigo misma por no haberlo pensado antes. Quizá necesitaba de una madurez semejante a la de él para haberlo entendido por mí cuenta y así replantearme todas las creencias que me vestían.

Fue a partir de esa noche que, lentamente, comencé a ver el mundo sin los lentes que traía, intentando deconstruir cada paso que había dado en mi vida y construyendo el sentido desde mi propia percepción.

Me disculpé y nos largamos a reír cuando me di cuenta de que, por unos minutos, había reinado el silencio producido por los extravagantes procesos semióticos que me habían ensimismado.

—Entonces, ¿vendrás conmigo? —preguntó con una grácil sonrisa.

—Te lo concederé. Pero no voy a asegurarte que vaya a ocurrir algo entre nosotros —le respondí.

Salimos del bar y me invitó a subir a su auto en el que fuimos hasta su casa. No vivía muy lejos y yo olvidé que debía memorizar el camino de regreso por si algo salía mal.

Es que sus palabras y sus gestos eran siniestros transmisores de confianza. Como si fuese algo in-imaginable que él pudiera tener malas intenciones.

Llegamos a nuestro destino y tomó dos copas que llenó del vino más fino que había en su mini bodega personal. Luego nos sentamos en la sala de estar y simplemente nos miramos, dando lugar a una ruborizante ausencia de comunicación mediante palabras.

Fijó sus ojos en los míos mientras esbozaba una sonrisa y esperó a que yo se la devuelva para, con mucha frivolidad, preguntarme:

—¿Cuáles son tus fantasías sexuales?

—¿Por qué quieres saber eso? —le respondí con una indignada sonrisa y un estupefacto sonrojo.

—Porque necesito saber a lo que me someterás —me contestó con alarmante seguridad.

—Hasta hace unos minutos creía que jamás me acostaría con alguien sin una afluencia bilateral de afecto. Creo que deberé acomodar mis cosas antes de responderte eso —dije mientras desnudaba mi estado emocional.

Sonrió arrojándome otra dosis letal de confianza y me dijo que lo entendía. Me invitó a su habitación, donde había algo que me quería mostrar, por lo que vacié mi copa con un largo sorbo y asentí.

Tenía un armario muy grande con dos puertas que lo dividían a la mitad. Era extraño que necesitase algo tan espacioso considerando que vivía solo, pero cuando abrió una de las puertas lo pude entender.

Máscaras, arneses, collares, látigos, esposas, dildos, fustas, aceites, antifaces, mordazas, pinzas, prendas extrañas y un montón de cosas negras de cuero. Parecía tener un sex-shop personal, el paraíso del infierno encerrado en su armario.

—Puedes escoger lo que prefieras —dijo mientras se sentaba en la cama con la soberbia seguridad de que ya me había conquistado.

Yo me quedé allí, mirando. Realmente no sabía qué podía sacar, pero lo que provocaba en mí su personalidad, su cuerpo y estas extrañas pertenencias, me llevaron a la conveniente certeza de que era inevitable lo que se aproximaba.

—¿Tiene que ser solo una? —pregunté como si se tratase de un juego y alertándolo de que estaba en lo correcto.

—Tiene que ser lo que quieras, tanto en plural como en singular —me respondió.

Tomé dos esposas y un antifaz, pero decidí exprimir más aquella oportunidad y saqué una fusta. Di media vuelta y con mi mirada, como una niña sosteniendo sus juguetes, le di a entender que estaba lista.

—¿Estás segura de que eso es lo que quieres? Quizá sea demasiado para alguien que recién comienza.

—¿Te has acobardado? —le respondí invocando una petulante sonrisa de su parte.

—Deja eso sobre la cama y desnúdate —me dijo mientras se acomodaba como el jurado que prepararía su veredicto.

Esas palabras parecían salidas de un glaciar. Estaba acostumbrada a un preludio de besos y caricias mientras nos despojábamos de las prendas cuando ya sobraban. Su frialdad, de manera extraña para mí y oportuna para su suerte, me excitó.

¿Quién era aquella persona que tan dócilmente alejaba la indumentaria de su cuerpo en pos de un juego implícitamente mancomunado?

—Angie Collens —le respondí en un silencio introspectivo al desaforado grito de guerra entre quien alguna vez fui y quien se adueñaba de mi cuerpo en ese momento.

No habían sido más que frases, gestos y formas. Pero creaban un escenario tan lascivo que me sentía a punto de estallar de concupiscencia.

Alimenté la codicia de sus ojos que saboreaban cada bocado de ropa que caía. Pausé cada movimiento para estirar la apetencia y, al final, dejé al descubierto mi abrazador disfraz de piel.

Me hizo parar sobre la cama, esposó mis manos al frío dosel de metal y enseguida repitió el proceso con mis pies en el respaldo. Estaba parada e inmóvil cuando se acercó delante de mí y, colocándome el antifaz, decidió que mis ojos descansarían el resto del tiempo.

—Si algo no te gusta o quieres que me detenga, solo dilo y te soltaré —me dijo.

Después de que se subió a la cama, no supe más nada de él por un rato. Se había quedado congelado en un sigiloso silencio, observando quizá el camino que debajo de mi espalda estaba expuesto para él.

Mis sentidos se habían agudizado en cuanto a los sonidos y los aromas. Invidente y con mi cuerpo jugando a ser inerte, mi piel gritaba por algún roce que le recordara estar viva.

Me encontraba completamente a merced de sus deseos. Mi cuerpo estaba servido en bandeja para el festín de las perversiones más indómitas que en él podían coexistir y que escapaban por completo de mi conocimiento.

Cada célula de mi piel estaba a la espera de algún estímulo provocado por quien, en ese momento, jugaba a ser mi amo. Cada nervio y cada sentido en mí, se desvivía en el hielo de la nada, sintiendo como relámpagos cada gota de aire cuando este lo era todo.

Mi cuerpo interrumpió su laxitud activando todos los músculos en una contracción ante el primer latigazo que impactó en mis glúteos. A tal sonido lo precedió el metálico crujido del dosel y el respaldo, impulsados por mi movimiento.

Otro golpe vino de repente para imponer la equidad entre mis nalgas, esta vez preparadas, haciendo que el cuero del látigo sea insuficiente para doblegarme.

—¿Eso es todo lo que tienes? —le pregunté con mi temblorosa voz, intentando provocar su intemperancia.

El éxito se convalidó cuando a los sonidos de la piel y del metal se les sumó el de mis cuerdas vocales. Siempre se asoció al sexo con el calor, pero este frío fue mucho más fuerte.

Congelar todos los sentidos en pos de la primacía de uno, hace más que multiplicar el placer de manera sustancial. Quizá la mayor parte se trate sobre un proceso mental, pero fue como perder la virginidad sensorial.

Una sucesión de latigazos que comenzó en un hormigueo, terminó en el adormecimiento de mis espasmódicos glúteos. Sentí como el ápice bajaba por mis piernas, estableciendo contacto con cada parte que aún no había recibido su merecido.

Metió la fusta entre ellas, a la altura de mis rodillas, y muy lentamente emprendió un desesperante viaje hacia arriba.

El leve movimiento me provocaba ansias de que llegue a su destino inminente. Jugaba con mis deseos del mismo modo que lo hacía con mi cuerpo.

Cuando llegó a mi vagina, comenzó a moverse con suavidad hacia adelante y hacia atrás. Me atravesaba por completo, rozándome el clítoris primero con su parte más fina y luego con la gruesa del cabo.

Tras quitarlo es probable que haya salido con vestigios de lo que había provocado durante todo ese tiempo. Mi cuerpo ya estaba listo para recibir al suyo, o más bien, gritaba el anhelo de acercamiento.

Me tomó por detrás y pasó sus manos hacia adelante, reposándolas sobre mis pechos. Sentí su dura masculinidad ejerciéndome presión entre la frontera de mis glúteos y, dada mi posición, no me quedó más que sentirlo e imaginarlo.

Tomó un aceite corporal y comenzó a pasármelo desde el cuello. Sentí el olor a fresas tan fuerte que por un momento soñé ser su manjar siendo sazonado. Estaba siendo condimentada y adornada para el feroz apetito de un salvaje deseo.

Sus manos se resbalaban y sus dedos se prendían como un pulpo de mis pechos. Bajó por mi vientre, volviendo zona erógena a todo mi cuerpo tras mi afán de amalgamar las líquidas fresas con mi lubricación natural.

Sus manos escurrieron en mi cola con una intermitente suavidad, ensanchando el camino y hasta dejando apenas caer un dedo dentro de mí.

Aquel dedo libertino, no satisfecho ya con su exploración, decidió ir a por más y se situó en la rosa de la procreación.

Solo la patinadora más profesional, sobre una pista de hielo y ganándose todos los aplausos, podría imitar los movimientos de sus dedos sobre mi clítoris. Había logrado mi primer orgasmo sin penetración en mi primera noche de sexo sin amor.

Fue muy curioso aquel evento. Podría decirse que, generalmente, es la finalidad del acto y por ende su concreción supone un inevitable sosiego, pero nada más lejos de la realidad que aquella vaga idea.

Dentro de mí quemaba como fuego la súplica desesperada de una conexión en un coito violento que apaciguara ese deseo carnal tan impetuoso e intransigente como la terquedad.

Mi amo fue complaciente y, bajo la sombra de mi cuerpo bañado en aceite, asomó su robusta y turgente hombría. La frotó hacia adelante y hacia atrás como quien, en un acto de locura, derrama gasolina sobre un incendio.

Quise pedirle que me perforara como si dentro de mí hubiese petróleo, pero, aunque no había nada sobre mi boca, el habla había desaparecido de aquel compendio de veleidades que subyacía en una mente primitiva.

—¿Qué es lo que quieres? —me preguntó, trayéndome otra vez al mundo terrenal con su voz.

—Que me folles —le respondí sin escrúpulos apenas regresé del anestésico viaje sensorial.

—No te escucho.

—¡Qué me folles! —imploré.

El calor de su cuerpo entraba expandiéndome y saciando cada nervio, cada anhelo y cada súplica reprimida. Temblaban tanto mis piernas como mis cuerdas vocales y por un momento sentí estar poseída por un animal.

Me tomó de la cintura, me empujo hacia atrás y llenó todo el vacío que había en mí con su imponente extremidad erógena. Quise morder como si estuviese hambrienta, endurecí mi mandíbula y me sometí a su soez perversión.

Su cuerpo golpeaba el mío con la vehemencia que tanto ameritaba ese fogoso momento. Eran tan prodigiosos aquellos movimientos profundos, que volvieron indescriptible la fruición que me hizo trepidar.

Fue insoslayable gritar como en un parto cuando el clímax se hizo presente, provocando un terremoto de huesos, carne y deseos. Era un dragón escupiendo fuego, al que solo un par de esposas le impedían destrozarlo todo.

Supongo que algún día cumpliré setenta años y aún recordaré aquel coito como si hubiese sido ayer.

Allí estuvieron dos personas que se convirtieron en animales para saciar un apetito tan grande y ardiente como el mismísimo sol.

56

TERCERA PARTE: INICIACIÓN

Capítulo V: iniciación (único)

Me llevó hasta su baño y allí me ayudó a eliminar todo el aceite que, mezclado con el sudor, tapaba cada uno de mis poros. Me recosté en la bañera y sus manos enjabonaron cada célula de mi piel. Me enjuagó, me secó y, por si fuera poco, también me vistió.

No cruzamos palabras hasta ese entonces, pero rompí el silencio porque necesitaba decirle lo que había provocado en mí. Expresé mi fascinación haciéndole saber que mi deseo de seguir experimentando cosas con él, era exuberante.

—Es imprescindible que evites enamorarte de mí —me respondió con un tono serio.

—¿Y cómo logro no hacerlo?

—No lo sé, quizá estando con otras personas. Tu cuerpo no tiene parecido, destilas belleza desde cualquier punto en que seas vista. Estaría encantado de repetir este momento miles de veces, pero no quiero involucrarme sentimentalmente con nadie.

—No conozco a otros hombres que hagan estas cosas, y no puedo publicar un anuncio en el diario sobre algo así.

—¿Qué responderías si te digo que existe un grupo de personas aficionadas a estas prácticas?

—Te preguntaría cómo puedo unirme.

—Solo puedes unirte si alguien del grupo te lleva y si completas exitosamente un curioso ritual. Pero no creo que estés lista para eso.

—Cuéntame.

—Cada aspirante a ingresar es entregado por su reclutador a un número de personas del grupo. Allí deberías hacer todo lo que ellos te digan con total sumisión. Si dices que no, te quedas fuera, pero si cumples todo te conviertes en un nuevo miembro. De esta manera, todos se aseguran de que no haya un vínculo emocional entre el aspirante y su reclutador, al igual que queda en evidencia si estás o no a la altura para formar parte.

—¿Y qué es lo que ganaría si logro entrar en ese grupo?

—Contactos con personas solteras que siempre estarían disponibles para ti, tanto para el sexo como para lo que necesites. Reuniones divertidas con comidas, bebidas y juegos que varían según la fecha. Fiestas privadas en donde los límites no existen y, sobre todo, una familia de personas como, con la que siempre podrás contar.

Tras un silencio de reflexión, agregó:

—Tómate tu tiempo para pensarlo con calma. Si la

idea te apetece, yo lo coordinaré, pero debes saber a lo que te sometes. Ellos tomaran tu cuerpo como un pedazo de carne al que le harán miles de cosas que no te imaginas. Si accedes a esto, no debes hacerlo con dudas, fallar significaría perder para siempre la oportunidad de ingresar.

Me llevó hasta mi departamento en un lento, tranquilo y reflexivo viaje. Dijo que había disfrutado con creces del momento que pasamos y que lo llamase cuando haya tomado una decisión.

Repitió en reiteradas ocasiones que no debía sentirme presionada, que estaba en mi libertad de elegir lo que creyera más conveniente y que tratase de ser minuciosa a la hora de pensarlo.

* * *

Una vez en mi cama, no logré conciliar el sueño. Unas horas atrás no creía en el sexo sin amor y ahora estaba dubitativa sobre entregarle mi cuerpo a varios hombres sin saber lo que me harían. La vida me había abierto puertas que jamás imaginé que podrían existir.

Y sobre esas puertas, hay algunas que si las abres pueden cambiar tu vida. Son como las adicciones, quieres probar y ver que se siente, pero luego no puedes salir de ahí. Te atrapa desde un lugar que al que no puedes llegar: tu mente.

Que el sexo sin amor era posible, lo entendí a la

perfección. Hasta deje en libertad una vaga idea de que quizá así era mejor aun, pero no estaba segura de ser capaz de hacerlo con varias personas.

No sabía cómo sería ni cuántos serían. Apenas había estado con dos hombres a lo largo de mi vida y esta aventura demandaba una experiencia que temía que me sobrepasara.

Pero también me sentía más cerca de una aceptación cuando pensaba que sería solo una vez. Algo instantáneo, como el pinchazo de una vacuna, que luego te permite disfrutar de sus beneficios.

Tomé un bolígrafo y un papel dividido a la mitad que dejé al lado de la cama. Cuando una idea venía a mi cabeza la plasmaba en el lugar de los pros o en el de los contras.

A la mañana siguiente lo seguí reflexionando durante el desayuno y llegué al horario del almuerzo con el bolígrafo aún en mi mano. Lo que llevaba hasta ese momento era:

Contras:

    1- Que algo no me guste.
    2- Que alguno de los hombres no me agrade.
    3- Que me pidan algo que no sé hacer.
    4- Que mi cuerpo no lo soporte.
    5- Inhibirme.

Pros:

    1- Estar con Daniel.
    2- Conocer nuevas personas.

3- *Podría gustarme.*
4- *Experimentar.*
5- *Pertenecería a un grupo cerrado.*

El resultado expresaba la indecisión que reinaba en aquellos momentos decisivos. Entendí que no saldría de ese estado y decidí llamar a Daniel, para invitarlo a discutir mis inquietudes sobre su propuesta en mi departamento.

Ya era de noche cuando llegó. Su trabajo le demandaba demasiado tiempo y yo no quería robarle más aún, por lo que, sin mediar palabras de más, le entregué el papel.

Lo leyó con atención y, luego de los milisegundos que se tomó para sonreír, me respondió:

—Si algo no te gusta: dices que no. Nadie va a reprenderte por eso, solamente no podrás conocer al resto del grupo. No verás los rostros de los hombres, eso forma parte del cuidado de privacidad del ritual de iniciación. Si no sabes hacer algo: lo dices. Te explicarán como hacerlo o te dirán que hagas otra cosa. Ellos tienen experiencia en esto, no le van a exigir a tu cuerpo más de lo que pueda resistir. Y por último, tras ver como te comportaste conmigo, no creo que la inhibición sea un problema para ti.

Luego de destrozar los contras que había planteado, solo necesitó emplear su grave, lento y tranquilo tono de voz, para blindarme con la seguridad que tanto necesitaba.

—Entonces hagámoslo —respondí.

* * *

El ritual lo haríamos durante el sábado. Podría ser a cualquier hora, por lo que debería estar lista durante casi todo el día. Sería en la casa de uno de los integrantes, pero yo no podía saber dónde era, Daniel me llevaría.

Eran muy cuidadosos e insistentes en mantener la discreción, por lo que jamás debía mencionar una palabra de esto con nadie. Hablar demás suponía una suspensión permanente.

Pasé los dos días impaciente para que llegara el momento, conocer cómo sería y saber cómo me sentiría una vez allí. Algunas veces, me invadieron algunas dudas y, en otras, me sentía completamente preparada para aquello.

Al fin y al cabo, no sería la primera vez que mi cuerpo dejaría de ser mi propiedad. Ya lo había cedido una vez, y ese momento se había inmortalizando en mi memoria.

No sabía exactamente qué es lo que buscaba o esperaba encontrar. Tal vez ocupar mi mente con eso quitaba a Brandon de allí, o quizá la sublime intensidad de lo que había experimentado con Daniel, había dejado secuelas traducidas en una inminente adicción.

De repente, entre idas y vueltas de ideas extremistas, el sábado golpeaba la puerta acompañado de ambiguas sensaciones y de un creciente palpitar que demandaba más y más aire.

Me di un baño profundo, de esos que te invitan a hablar contigo mismo. No encontré las respuestas en el agua, pero entendí que solo callaría a las preguntas mediante la vivencia que se avecinaba.

Me puse un vestido corto y suelto, sin ropa interior ni más maquillaje que un labial rojo, tal como Daniel me lo había pedido. Luego de eso, solo esperé.

La hora parecía detener su velocidad cada vez que cruzaba el peaje del siguiente minuto. A través de la ventana vi pasar decenas de vehículos, esperando que uno de ellos sea el de Daniel, pero ninguno se parecía.

El sonido de mi celular fue lo que calmó mi ansiedad, hasta que descubrí que se trataba de otro mensaje de mi ex. ¡Ja! Me hubiese gustado responderle con lo que estaba por hacer, pero lo tenía sumamente prohibido.

¿Acaso era un vampiro? Nuevamente necesitó de la ausencia del sol para tocar mi timbre. Fue detenido en su mirada, analizó cada detalle en mí, hasta creí que llegaría a palparme para asegurarse de que todo estaba bien.

—Lo preguntaré solo una vez. ¿Estás lista?

—Lo estoy.

Luego de subirnos al auto congeló su mirada en

mi rostro, utilizándola como un medidor de seguridad que escrutaba todos mis gestos intentando descubrir alguna anomalía.

Intenté desestabilizar aquel incómodo sistema con una sonrisa y su respuesta fue una suave y negra venda que traía consigo. Pues tenía prohibido reconocer la trayectoria.

Sin saberlo, ese fue el último momento en que vería la luz de los tenues faroles con esos ojos. El mundo sería un lugar diferente luego de aquella noche en la que todo cambiaría para mí.

No volvimos a hablarnos durante los veinte minutos que duró el viaje. La radio era todo lo que interrumpía el silencio, hasta que llegamos y me dijo que aguarde ahí sin quitarme la venda.

Se demoró alrededor de cinco minutos, tiempo suficiente para que los nervios comenzaran a hacer su trabajo sobre mí. Pero fue su voz, cuando abrió la puerta y dijo que bajara, la que logró apaciguar mi afluencia de proyecciones.

Me tomó del brazo y acompañó cada uno de los ciegos pasos que di hasta llegar a donde me esperaban los desconocidos. Luego ajustó mi venda, me quitó el vestido y abrazó mi cuello con un frío collar de cuero.

—Interesante —dijo uno de los que estaban allí.

Daniel expuso ante los hambrientos animales la cena que les había llevado para que pudiesen afilar sus acuminados colmillos mientras sus glándulas salivales aclamaban el estímulo.

Sentí que una mano congelada como la de un carnicero me apretaba un pecho y otra, tan áspera como la de un albañil, hacía lo mismo con una de mis nalgas.

—Se ve en muy buen estado —dijo otro.

Yo estaba allí, quieta e inerte como una mercancía, mientras ellos analizaban mi calidad. No era más que una pusilánime propiedad de Daniel que estaba por ser vendida a los compradores en un mercado negro.

Aquellas voces sonaban tan gélidas que oprimían cada una de mis fragilidades. Parecían intentar quebrarme, pero no sabían que dentro de mí yacía enclavada una impávida y apremiante condescendencia.

Sí. Por extraño que esto pueda sonar para los más alejados de estas prácticas, ese momento no fue para nada la génesis de una terrorífica necesidad de huir, sino más bien, una sucinta epifanía de que estaba en donde debía estar.

—¿Cuál es tu nombre? —preguntó uno de ellos.

—Angie —respondí con tono obsequioso.

—Bien, Angie. Estás frente a cuatro hombres que, en este preciso momento, están comenzando a desnudarse. Ellos te dirán todo lo que debes hacer y tendrás que hacerlo lo mejor que puedas. Hablarás cuando te lo pidan y gemirás cuando te lo ordenen. De ahora en más todo lo que puedes hacer sin autorización será respirar y decir que no. Cuando lo digas, todos nos detendremos y Daniel te llevará hasta tu casa. Pero en ningún momento, excepto que alguien te lo diga explícitamente, puedes quitarte la venda. ¿Entendido?

—Sí.

—¿Qué es lo que harás?

—Todo lo que ustedes me pidan.

—Bien, podemos comenzar.

Oí cintos que se desprendían y prendas que abandonaban los cuerpos que cubrían. Yo me mantuve lo más quieta posible tratando de oír todo lo que pasaba, hasta que uno de ellos me dijo que debía arrodillarme.

Lo hice y luego vi pasar algunos segundos antes de desestabilizarme producto de un cachetazo.

—Dime que te gustó.

—Me gustó —respondí.

Otro golpe me impactó desde el otro costado, pero apenas me movió, pues ya lo estaba esperando.

—Siéntate en el piso y abre las piernas.

Sentí el aire pasar por aquella zona que, tan tímidamente, estaba entregando a los voraces ojos. Invadió mi ser el temor por no saber qué es lo que harían. Allí todo era posible, menos predecir lo que sucedería.

—Llévate dos dedos a la boca, mójalos lentamente y luego penétrate con ellos.

Apoyé mis dedos medio y anular sobre mi lengua y, con ella, los guie hacia adentro de mi boca. Los saqué empapados y, apoyando mi índice y meñique en los bordes de mi condicionante de mujer, metí los otros dos dentro de ella.

Eran mis dedos, pero, una vez adentro, no sentí que fueran realmente míos. Hasta ese momento todo lo que me pedían era simple y eso me estaba dando confianza, pero ciertamente me sentía algo alienada.

Luego de mi inusitada autoexploración, me pidieron que volviese a arrodillarme y, cuando lo hice, me dijeron:

—Usarás tus manos para buscar y encontrar alguno de nuestros miembros, cuando toques uno deberás llevártelo a la boca.

Levanté mis manos y, con precaución, las moví hacia todos lados. De repente logré sentir el calor que me indicaba haber encontrado lo que buscaba. Me acerqué a él, abrí mi boca y lo metí dentro.

Su languidez me permitió esconderlo por completo dentro de mí, pero comencé a sentir como se expandía y comenzaba a demandar más y más espacio. Fueron los oscilantes movimientos de mi lengua sobre aquella delgada piel, los que habían logrado volverlo piedra.

El hombre, cuando había logrado la firmeza que tanto amamos las mujeres, tomó mi pelo y, con mucha velocidad, comenzó a mover mi cabeza hacia adelante y hacia atrás. Necesitó ahogarme para decidir soltarme.

Me ordenaron que busque a otro y así lo hice. Vigoricé cada una de las flácidas extremidades que entraron en mi boca, cuando completaba mi trabajo me atragantaban y luego me soltaban.

Entendí que lo había cumplido a la perfección cuando oí a los hombres alejarse. Solo el que estaba detrás de mí se acercó por delante y me dijo que debía metérmela en la boca por completo.

Cuando lo toqué noté que su arma no estaba para nada laxa, y mi tarea esta vez era esconderla dentro de mi garganta. Creí que no lo lograría, ya que su tamaño hiperbólico excedía mi cavidad, pero debía intentarlo.

Agarré sus piernas y, con la boca abierta, moví mi cabeza hasta dar con su turgente protuberancia. Tomé aire y comencé a metérmelo, presioné y logré sentir como dilataba mi garganta. Aguante las arcadas y seguí en mi trayecto, hasta que por fin sentí que mi nariz tocaba su pubis.

Mi alegría por haberlo logrado se vio atenuada por su accionar subsiguiente. Me tomó de la cabeza, para que no pudiese salir de allí, y comenzó a follarse mi garganta con violencia.

Apenas lo hizo unos segundos y, cuando me soltó, llené mis pulmones de aire y tosí como si estuviese resfriada. No esperaba lo que hizo y me sorprendió, pero, más allá de eso, no me disgustó para nada.

—Bien, Angie. Hasta ahora lo vienes haciendo excelente. Aumentaremos al siguiente nivel en este momento. ¿Estás lista?

—Sí —respondí mientras intentaba quitar la saliva que colgaba de mi mentón.

❊ ❊ ❊

Sobre el suelo había un cepo con tres huecos, uno para apretar mi cuello y dos para mis muñecas. Lo ajustaron para que no pudiese moverme y prendieron cadenas de las argollas que estaban en mi collar. Luego, ataron las cadenas en mis piernas haciendo que me encogiera.

Mi cabeza, mis manos, y desde mis rodillas hasta los pies, estaba en el piso. Mi espalda estaba inclinada hacia arriba como un girasol al mediodía, dejando a mis glúteos como los dos únicos pétalos de la flor.

Estaba inmovilizada con la cola hacia el techo, jugando a ser una pirámide y a merced de la perversión de algunos desconocidos que, en ese momento, podrían haber hecho lo que quisieran conmigo.

Una mordaza que tenía una esfera de goma para

mi boca, me reveló que sus intenciones estaban colmadas de depravación cuando me la colocaron.

Mis pensamientos comenzaron a dispararse hacia todos lados. Una vorágine de inquietudes se manifestaba en mi cabeza, pero qué bien se sentía.

Fue tan mental como la hipnosis. Al igual que en la casa de Daniel, cuando me ató, estaba nuevamente en una situación similar. Pero esta vez intensificada por mi incapacidad de hablar y por el fideicomiso que habían hecho con mi cuerpo.

En aquel estado, solo respiraba el aire frío y esperaba algún estímulo en mis desnudos glúteos que se esperaban lo peor de los presentes.

Me sentía sucia por la excitación que me provocaba ser rebajada a un pedazo de carne. Pero un objeto para la diversión de mis múltiples dueños, era todo lo que era y quería ser en ese momento.

El hecho de que todo sea tan posible como impredecible, me inyectaba la dosis justa de incertidumbre que alimentaba mi enardecimiento. Nada podía hacer y nada quería hacer, solo sentir.

—A partir de este momento puedes gritar si necesitas (y puedes) hacerlo. Frente a tu mano derecha hay un timbre campana, solo debes golpearlo si sientes que no lo soportas y todo se detendrá.

—¿Qué es lo que se detendrá? —le preguntó mi mente divagante al embeleso que me dominaba.

Sentí un latigazo en mi cola que fue tres veces

más impetuoso que los que Daniel me había dado. Grité tan fuerte que mordí y babeé la bola que tenía en la boca mientras anhelaba otro más.

Mis nalgas estaban siendo tan castigadas que, aun sin verlas, podía asegurar lo bermejas que se encontraban. Quería tragarme la esfera de goma y romper las cadenas con mis piernas. Hice tanta fuerza que mi regocijo se evidenció ante los licenciosos presentes.

Me golpearon hasta que perdí la cuenta de los impactos recibidos. Mi cuerpo trepidaba y de aquella zona, ya convertida en una dulce manzana, no sabía más nada. Estaba perdida en el incesante deliquio prominente.

Luego, me quitaron todo lo que me apresaba y me ordenaron sentarme. Me dieron un minuto para que pueda recuperarme, sin saber ellos que, en mi iluso desconocimiento de lo que seguía, solo quería, ávidamente, más y más.

—A tu derecha, hay un dildo lubricado que está adherido al piso. Tendrás que sentarte sobre él y dispondrás de un minuto y medio para que lo introduzcas por completo dentro de tu trasero. Luego te quedarás allí hasta que te digamos y no completarás la tarea hasta que tus nalgas estén frías por el contacto con el suelo y el dildo sea invisible para nuestros ojos. Yo seré tu cronómetro, te hablaré a cada treinta segundos. Dime cuando estés lista y comenzaré a contar.

Yo solo lo había hecho una vez por esa zona y había sido con Brandon. Recordé que habíamos demorado mucho más que eso hasta que logró penetrarme, pero me alivió pensar que quizá fue por el tamaño de su falo.

Mi consuelo terminó cuando toqué el dildo. Tenía entre veintidós y veinticinco centímetros y el doble de ancho que el miembro de Brandon. Apenas entró en contacto con mis manos y asumí que sería imposible completar esa tarea en tiempo y forma.

Me paré, me posicioné sobre él y comencé a bajar hasta que sentí su ápice en las puertas de mi orificio más pequeño. En ese momento, aunque no lo estaba, dije que me encontraba lista.

—Muy bien. Puedes gritar, gemir, o emitir el sonido que prefieras. Si no lo soportas dilo o deja que el minuto avance, te estaremos observando detalladamente. El tiempo comienza a correr desde ahora.

Empecé a ejercer presión sobre el dildo y, si bien la lubricación me ayudó mucho, mi ano no se dilataba con la facilidad que esperaba. Se estaba convirtiendo en un verdadero reto.

Apoyé las manos en el piso, hice fuerza y con un duro trabajo logré que entrara la punta, pero la voz del hombre asesinó mis esperanzas diciéndome que ya iban treinta segundos.

Había ocupado un tercio del tiempo disponible en apenas un quinto o sexto de lo que debía introducirme. Respiré profundo e hice un movimiento brusco hacia abajo, pero solté todo el aire con un grito.

Llegó el minuto y aún me faltaba la mitad, pero seguí presionando mientras gritaba desmesuradamente. No había tiempo para pensar, había llegado hasta allí y no iba a fracasar.

El sudor caía desde mi frente y viajaba por mi cara, mi abdomen y mis glúteos se contraían involuntariamente, dificultando aun más el duro proceso y amplificando las dudas sobre mi eficiencia.

Me producía tanto dolor sentir como se me abría la cola que hasta ahogaba mis gritos, pero al menos aquel dolor era tan placentero que me incentivaba a seguir presionando.

Mi suerte cambió cuando llegó un momento en donde entró lo que faltaba sin dolerme y mis nalgas tocaron el suelo, apenas un segundo antes de que se cumpliera el tiempo.

Me sentí del mismo modo que los fanáticos del fútbol, en el momento final del juego en que su equipo anota el gol de la victoria. Y, por si parece poco, la copa más importante, jugada contra su clásico rival.

Recién allí volví a respirar, pero el aire ingresaba entrecortado a mis pulmones por el temblor que hacía vibrar todo mi cuerpo. Victoriosa, pero bañada en sudor, y los hombres comenzaron a aplaudirme por haberlo conseguido.

—Felicitaciones, Angie. La mayoría fracasa en este punto. Si has llegado hasta acá, es probable que completes lo que todavía te queda. Pero no te asustes, ya estás muy cerca de lograrlo.

Esas palabras fueron tan gratificantes para mí, que llegué a apretar mi cola contra el piso, intentando meterme hasta la base del dildo.

Era algo insignificante lo que tanto me alegraba, pero en ese momento cobró un valor especial. Haberlo convertido en un reto, con la dificultad que suponía, fue lo mejor que pude hacer.

Me dejaron allí unos minutos, sentada sobre el dildo. Creí que estaban planeando el próximo reto, por el murmullo que sentí, pero al poco rato me dijeron que debía pararme.

Cuando me levanté ya no sentía nada de dolor, aunque mis piernas estaban temblorosas, quizá por la fuerza que había hecho.

Mi perforación, ya no tan pequeña, palpitaba como si fuese mi corazón. Probablemente, aquel anillo sodomizado de forma artificial, estaba tres veces más extendido (y destruido) que en los minutos anteriores.

Uno de los hombres puso su mano en mi cola y metió uno de sus dedos en la embocadura, aunque apenas lo sentí. Luego me llevó hacia otro lugar, guiándome con su privilegiado índice.

Lo sacó y me hizo dar media vuelta. Allí, sentí

otra mano fría que pasaba lubricante por mi zona aún palpitante y también por la que esperaba su turno.

Pensé (y deseé), que lo siguiente que me harían esos hombres sería tapar todos mis huecos con sus masculinidades. Estaba tan entregada a aquella idea que hasta me pareció innecesario el aceite, pues había más en mi vagina que en el frasco.

—Detrás de ti hay un hombre sentado sobre una silla, harás medio paso hacia atrás y te sentarás sobre él de tal modo que, sin usar tus manos, su miembro penetre tu trasero —dijo el hombre que me había guiado después de que su compañero me lubricara.

Era tan recia su erección que me eximió de la necesidad de algún tipo de ayuda. El calor de su piel penetrándome fue el incentivo perfecto para invitarlo a pasar hasta el final de aquel pasillo.

—Oye, puta, te llenaré tanto de semen que apenas salgas vas a sentir como se te corre por las piernas. ¿Te gusta que te rompan la cola, verdad? Claro que te gusta, si eres una putita —dijo el hombre que estaba debajo de mí.

Era la primera vez que un hombre se dirigía a mí de tal modo, y mi primera impresión fue temerosa, pero también agradable, recordé aquellas películas que una vez vi con Brandon.

—Te moverás sobre esta verga como nunca antes lo hiciste, hija de puta. No eres más que nuestra sucia prostituta, te follaremos hasta cansarnos y dejaremos rotos todos tus agujeros, putita. ¿Entendiste?

—Sí, mi amo.

Luego supe que aquellas palabras estaban destinadas a asustarme, pero nada más alejado de eso. Las obscenidades habían logrado potenciar mi enardecimiento de tal modo que deseaba suplicar que me follaran como a una perra.

No sabía que unas simples palabras dichas con ese tono podrían provocar tanto en mí, quizá realmente había una prostituta dentro de mí, pero en ese momento nada me importaba más que llenar todas las cavidades de mi cuerpo.

El caballero para nada decente que ya estaba dentro de mí, tenía las piernas cerradas y, luego de terminar con sus palabras, me ordenaron que abriera las mías.

Otro hombre se me acercó por delante y colocó su hombría en mi vagina. Ambos señores me habían penetrado, pero permanecían quietos. Tuve que morder mis labios para resistir el deseo de deslizarme entre ellos.

—Ellos permanecerán inmóviles, tú deberás hacerlos gozar —dijo oportunamente uno de los hombres —dos estaremos alrededor de ti y dispondremos de tu boca cuando nos apetezca. Ahora puedes comenzar —finalizó.

Sin duda alguna, me encontraba frente a una de las tareas más placenteras que se me pudiese presentar, pero eso no implica que haya sido fácil.

No debía simplemente moverme, sino que debía hacerlo de tal manera que a ellos les gustase. Eran hombres muy experimentados, por lo que mis expectativas zozobraban.

Para mi suerte, tener un pene dentro de mi cola y otro en mi vagina, despertó en mí algo que no sé nombrar, pero que ellos catalogaron como "¡qué puta!".

Puse mis manos en el asiento de la silla que sobraba en los costados. Comencé con tímidas vacilaciones hacia adelante y hacia atrás, pero el enardecimiento que me producían me llevó a moverme de forma impávida en apenas unos segundos.

Cuando me impulsaba hacia adelante, mi vagina se atiborraba de la robustez que brotaba de aquel caballero, y no frenaba mi ambición hasta sentir su matorral peinándose en mi clítoris.

Luego volvía hacia atrás y, mientras respiraba mi parte delantera, mi cola la era abarrotada por la sólida extremidad que allí firme se encontraba.

—Debes gemir mientras lo haces —dijo uno.

—¡Gracias! —pensé.

Si la doble penetración duplicaba la delectación, los cachetazos que me concedía el hombre que estaba delante de mí, la triplicaba. Eran el combustible del fuego de mis gemidos.

Pero esto no se quedaba allí, sino que una multitud de insultos obscenos salían de sus bocas. Aunque en ese momento, más que agravios, los sentí como halagos e invitaciones a moverme más y más.

Incrementé la velocidad de mis desplazamientos y en ningún momento supe si ellos estaban gozando o no, pues mi cuerpo se había convertido en una ametralladora de orgasmos y eso acaparaba toda mi atención.

Supongo que notaron que yo lo estaba haciendo muy bien, y por eso decidieron volvérmelo más difícil. Hicieron girar mi cabeza, tirándome de la soga que habían puesto en mi collar, y dos dedos comenzaron a jugar en mi garganta.

Mientras movía sus dedos presionaba mi mentón con su pulgar. Luego los quitó y me abofeteó, pero no me soltó, sino que decidió ocupar toda mi cavidad bucal con su macizo y encorvado pene.

No me costó en absoluto moverme mientras se lo chupaba. Mis gemidos se escapaban de mi boca al igual que la saliva, y presentí que eso les gustaba.

No tuve descanso cuando me soltó, ya que a mi izquierda había otro hombre esperando su turno. Ajustó la soga a su distancia y con ella me movía, provocando que su glande golpeara contra las paredes de mi garganta.

Se turnaron para usar mi boca, como si esta fuese

un simple juguete sexual que gemía y que luego de satisfacerles podrían desechar. Movían mi cabeza con la soga, con sus manos o me ordenaban hacerlo a mí, pero jamás la dejaron quieta.

Debería decir que, por la venda que cubría mis ojos, no estaba viendo nada, pero en realidad comprendí que se puede ver sin los ojos. En ese momento sentí que estaba, como quien decía, viendo las estrellas.

Allí entendí que todo era inexorablemente matemático. Si un hombre te da placer: cuatro hombres te dan cuatro veces esa satisfacción.

Me imaginé rodeada por miles, multiplicando el goce y siendo usada hasta que la sequedad de mi vagina gritara basta.

Una vez había oído hablar de algo llamado "multiorgasmo", pero en ese momento ya estaba lista para dar clases al respecto.

❈ ❈ ❈

De repente, los tres hombres que me rodeaban se alejaron espontáneamente y me ordenaron levantarme. Cuando el hombre que estaba sentado se paró, pude sentarme en la silla.

—Nos pararemos a tu alrededor, formando un semicírculo. Deberás comenzar por tu derecha. Mantendrás la boca abierta, posicionada donde te lo indiquen y, cuando el hombre te avise, eyaculará en ella. Deberás repetir esto con cada uno de nosotros. ¿Puedes hacerlo?

—¡Claro! —respondí.

—Bien. Es importante que no bebas ni escupas el semen. Debes mantenerlo todo en tu boca hasta que el último haya acabado, luego podrás beberte todo junto cuando te lo indiquemos. ¿Entendido?

—Sí.

—¿Sí qué?

—Sí lo entendí, amo.

El primer hombre apoyó la cúpula de su pene en la punta de mi lengua, que escapaba de mi boca apoyándose de mi labio inferior y luego comenzó a masturbarse.

—Abre bien la boca, putita. ¿Quieres que te la llene con mi leche?

—Sí, mi amo.

—Ah, sí. Cómo te gusta que te la den toda, pedazo de puta —dijo mientras golpeaba su pene contra mis labios.

En apenas unos segundos luego de sus palabras, apuntó hacia dentro de mí y sentí como descargaba todo su caliente fluido allí.

Pensé que, si los demás eyaculaban una cantidad semejante, mi boca se rebalsaría. Por lo que traté de abrirla lo máximo posible, tratando de expandir mi cavidad.

El segundo hombre hizo lo mismo y el tercero también. Para evitar que se desbordara, puse mi cara debajo del pene del último y así logré contenerlo, aunque gran parte se espació por mi cara.

Me dijeron que me lo bebiera todo y, con mucho gusto, lo cumplí.

El resultado de mezclar el esperma de los cuatro hombres, fue un blanco y espeso néctar que ingerí lentamente para apreciar su sabor. Pasé mis manos por mi cara y no dejé ni una gota fuera de mi boca.

Luego del deliquio, solo hubo silencio. Tras unos segundos logré escuchar un murmullo, pero no pude entender lo que susurraban los hombres.

Mi cuerpo estaba lánguido luego del frenesí que había experimentado. Mis genitales palpitaban irritados y mi boca aun conservaba el sabor que solo los hombres podían dejar en ella.

—Puedes quitarte la venda.

Luego de sacármela abrí los ojos con lentitud, tratando de adaptarlos a la amarillenta luz de una lámpara colgante. Vi a los hombres a mi alrededor, ellos comenzaron a esbozar sonrisas y aplausos.

—Felicitaciones. Ya eres una de nosotros.

Se presentaron y recién ahí me saludaron. Daniel, entre las efusivas congratulaciones, me dio un abrazo que despegó mis pues del suelo. Parecían todos tan emocionados como yo.

Mi cuerpo volvió a mi poder, pero me lo entregaron destrozado. Entre bromas, les dije que quizá la próxima vez debería hablar con una aseguradora antes de embarcarme en este tipo de aventuras.

Pero lo destacable fue que ya estaba pensando en la próxima vez. Aquella venda había sido mi capullo, y en ese momento mis alas se relucían en el desconocido lugar donde habían conocido la luz.

Salí de allí acompañada de los joviales hombres, volví al auto de Daniel y viajamos hasta otro lugar en donde, según me habían dicho, se encontraba esperándonos el resto del grupo.

Durante la marcha, me mantuve más risueña que nunca y hablamos de, para compendiar, muchas cosas. Pero lo principal que manifestaron fue su sorpresa por mi comportamiento durante lo acontecido.

La mayoría de postulantes fracasa y, de aquellos que lo logran, gran parte lo hace torpemente. Pero, según sus palabras, yo parecía tan profesional que no creyeron que había sido mi primera vez con tantos hombres.

Me explicaron que las palabras que usaron durante la iniciación fueron para ver mi reacción, pero que jamás me volverían a tratar de tal modo, excepto que yo quisiera eso.

Me daba algo de vergüenza decirles que en realidad me había excitado todo lo que me habían dicho, por lo que simplemente asentí con una sonrisa, dando a entender simplemente que entendía lo que había dicho.

Realmente comenzaba a sentirme parte de algo. Ellos me hablaban y confiaban en mí como si me conocieran desde hace tiempo. La afabilidad era perceptible constantemente.

Nos alejamos de la ciudad y tomamos una ruta, hicimos unos pocos kilómetros y bajamos por un camino de tierra. Luego de un corto tramo tomamos un abandonado sendero y allí pasamos por un portón que sostenía un cartel con las palabras "propiedad privada".

Había una casa en el medio del campo junto a algunos galpones, parlantes con música, una fogata en medio del patio y un montón de personas sentadas en grupos dispersos alrededor del fuego.

Me di cuenta de que estaban al tanto de lo que había estado ocurriendo, porque apenas bajé y me recibieron con una gran ovación. Se acercaron a mí y cada uno de ellos me dio la bienvenida.

Había tantos hombres como mujeres. Olvidé casi todos los nombres porque eran alrededor de cincuenta personas. Daniel estuvo conmigo todo el tiempo y respondía todas las preguntas que se me iban ocurriendo.

Una imponente cruz de San Andrés con forma de aspa permanecía parada sobre el césped frente a la casa, como si se tratase de la ley que dejaría indefenso y expuesto a cualquier transgresor que quizá conculcaba la jurisprudencia a propósito.

Hicimos un grupo cerca del fuego y nos sentamos en el suelo. Estábamos Daniel, los hombres que habían conocido mi intimidad, dos chicas más que querían conocerme y yo.

Me preguntaron sobre mi desenvolvimiento en la iniciación y me contaron como lo vivieron ellas cuando estuvieron en mi lugar. Hablamos un poco de todo, nos reímos, tomamos cerveza y pasamos un gratificante momento.

Había mucha diversidad de edades. Todos eran mayores, por supuesto, pero había personas desde mi edad en ese entonces hasta de cuarenta años quizá. También vi, en ambos extremos, chicos muy atractivos con los que podría estar, siempre y cuando el deseo sea mutuo.

Las preguntas parecían llegar a mí mediante un gotero y en la misma celeridad las fui soltando. Según las respuestas que obtuve, la iniciación no era algo muy estricto, dependía más de la disponibilidad de cada uno que de algún tipo de protocolo.

¡Una chica switch! me dijo uno tras expresar mi deseo de presenciar la iniciación de otra persona. Como no había comprendido, luego me explicaron que se trataba de la versatilidad en los roles.

Había experimentado la iniciación siendo una sumisa e indubitablemente quería iterar aquella práctica, pero no sin antes conocer la emoción de ser yo quien maneje la batuta.

Les pedí que me tuviesen en cuenta como dominante si en algún momento algún hombre se quería sumar, e inmediatamente me advirtieron que podía hacerlo con cualquiera de los presentes si accedía.

Pero para mi no era lo mismo. Quería hacerlo con alguien que sintiera el mismo miedo que yo sentí, los mismos nervios y las mismas ideas sobrevolando en su cabeza.

Acordamos que, durante la semana siguiente, una de las chicas me visitaría para explicarme todo lo que debía saber antes de formar parte de un equipo de iniciación.

Luego me llevaron hasta la casa y me dieron una llave para entrar allí cuando quisiera. Era un lugar que uno de los miembros había donado para hacer reuniones y guardar cosas, por lo que todos integrantes del grupo tenían acceso ilimitado.

Un piso de madera era la base de la fachada antigua. Sillas apiladas, tablones y caballetes reposaban con vestigios de fiestas pasadas, y cada habitación estaba revestida con paneles acústicos que encarcelaban el sonido.

Había muchas puertas, pero una de ellas hacía gala de su exclusividad con su dorado picaporte y su libidinoso destino: una habitación repleta de juguetes sexuales.

Mordazas, arneses, látigos, disfraces, y cualquier tipo de herramienta que facilite la privación y/o estimulación sensorial, se encontraba allí. Si bien en cada habitación había una limitada cantidad de cosas, esta parecía ser el depósito erótico del edificio.

Eran muy estrictos con la higiene. Tenían un cuarto específico al cual debía llevarse lo que se hubiere utilizado para su correspondiente limpieza. Y, para dejarlo bien en claro, quien hiciera caso omiso de esta regla obtenía una suspensión.

También teníamos la tajante responsabilidad del cuidado de nuestras llaves. Si se enteraban de que alguien que no fuese del grupo la tenía en sus manos, era motivo suficiente para una expulsión.

La indiscreción también estaba severamente penada. No se debía ni siquiera mencionar la existencia de la hermandad, salvo la única excepción, que entraba en vigor solo para las invitaciones a posibles nuevos miembros.

Lo que nunca me imaginé fueron los beneficios económicos que tendría al ingresar. La dueña del sex-shop formaba parte del grupo y todos teníamos descuentos en su tienda.

Pero además, también había dueños de quioscos, roperías, taxis, librerías, etc., que le otorgaban diversas dádivas muy tentadoras a los miembros de la hermandad.

El vínculo de confianza ocupaba el papel central de toda la fraternidad. Si me sentía atraída por alguno de ellos, no debía existir nada que me detuviera para decírselo, pero, para que esto funcione, era obligatorio aceptar sin estrépitos la respuesta obtenida.

Obtener un "no" por respuesta, no debía significar un desprecio. Había muchas cosas para hacer, como compartir bebidas, comidas o charlas fructíferas. También había juegos muy divertidos para mantener viva la amistad entre quienes no querían más que eso.

La insistencia estaba prohibida por regla. Si recibías una respuesta negativa a una propuesta sexual, jamás podías repetir la invitación, excepto que la otra persona sugiera, explícitamente, un cambio de opinión o algún tipo de interés.

Nada que no esté mutuamente consensuado era permitido y su pena era la expulsión permanente del grupo.

En cuanto a los vínculos afectivos de tipo románticos, podíamos tenerlos, pero nunca con otro miembro de la hermandad.

Existía un pacto entre todos que implicaba comunicar cualquier vínculo que formáramos, para que nadie cometa el error de meterse con la pareja de la persona aludida. Esto garantizaba la evasión de posibles conflictos internos en el grupo.

Yo escuchaba todo esto con atención, hasta que los chicos comenzaron a reírse bajo la premisa de no podría retener toda esa información si me era dada de golpe, pero jamás había oído con tanta asiduidad como en esos momentos.

No hubo más sexo para mí en esa noche (tampoco podía, estaba destruida) pero me lo pasé de maravilla. Reí hasta hacer doler mi panza con cada historia loca que me contaban. Me sentí tan parte de ese grupo como si llevase años ahí.

* * *

El sol comenzaba a asomarse, las aves coreaban sus clásicos y todos juntaban sus pertenencias. Tiraron agua sobre las pocas brazas vivas que aun quedaban de la fogata e hicieron desfilar los vehículos por el angosto camino.

¡Qué hermoso fue observar la ciudad desde fuera durante el amanecer! Los altos edificios alterando la grácil frontera entre el cielo y la naturaleza, el sonido del orbe que se despertaba y que a través de bocinazos expresaba su pesadumbre. Todo tan lejano y banal.

La idiosincrasia de las burdas carreteras ponía en funcionamiento los amortiguadores y en jaque a la paciencia de los conductores. Pero, en mi cabeza, yo seguía navegando por el mundo cuasi fantasioso en que me había sumergido.

Daniel me dejó en mi departamento y, haciendo coincidir nuestras miradas, le expresé mi gratitud por su gracia. Luego deje yacer mi cuerpo sobre la cama y cerré mis ojos con el sutil y adormecedor aire que entraba por la parva rendija del ventanal.

CUARTA PARTE: VENDETTA Y CONSAGRACIÓN

Capítulo VI: Vendetta, al otro lado del mostrador

Pasaron unos fugaces, alegres y reflexivos días hasta que Denise llegó a mi departamento. Ella venía a enseñarme todo lo que necesitaba saber para participar en la iniciación.

Lo primordial era aprender sobre la comunicación mediante señas. Durante el acto era necesario crear un ambiente de incertidumbre, si él podía lidiar con ello, entonces era un auténtico aficionado, y eso era lo que debíamos comprobar.

Teníamos que sorprenderlo para que nos deje ver sus límites. Las personas se disfrazan y muestran lo que quieren mostrar en función de lo que quieren lograr, nuestra tarea era ver lo que realmente se escondía detrás de esa máscara.

No había un plan específico que haya sido diseñado para lograrlo. Cada uno de los iniciantes era distinto y actuaba de manera diferente. Era nuestra labor analizar cada momento y, mediante señas, acordar lo que debíamos o queríamos hacer.

Las posibilidades que teníamos eran tan voluminosas en cantidad como en diversidad. Solo debíamos atenernos a lo que dijera el sumiso. Si él decía que no, debíamos detener todo lo que estuviera en marcha, tal y como su voluntad lo aseveraba.

Aprendí las señas muy rápidamente y Denise me dijo que solo me faltaba un paso para formar parte de una iniciación: la observación. Lo que implicaba estar presente de manera pasiva en una de ellas.

El viernes ella pasaría por mí y me llevaría al mismo lugar en que había estado antes. Allí, cuatro de ellas estarían con un hombre que intentaría iniciarse y yo, de forma taciturna, debía observar desde un costado.

Había anotado las señas en un papel y las estudiaba todos los días antes de dormir. La facultad había pasado a un segundo plano para mí, y cuando me percaté comencé a preocuparme.

Decidí que la hermandad sería mi principal ocupación hasta experimentar este rol dominante. Quería saber, a toda costa, qué es lo que sentiría estando del otro lado del mostrador.

Luego de eso estabilizaría mis tiempos de manera equitativa. Estudiaría para compensar el tiempo que pasé alejada de la academia, volvería al gimnasio y me mantendría activa en la fraternidad, pero no de manera compulsiva como hasta ese momento.

* * *

Cuando la tarde del viernes había culminado, Denise llegó en el momento que previamente acordamos. Yo estaba vestida con ropa de gimnasia, para evitar los ruidos que podrían provocar mis movimientos durante la sesión.

Esta vez pude ver todo el recorrido hasta la casa de la iniciación. Era de uno de los hombres que me había iniciado a mí, vivía sólo y tenía una habitación apartada que le prestaba al grupo para que se realice todo allí.

Como él vivía alejado de la aglomeración urbana y el distanciamiento de las casas le permitía cierta distanciación de sus vecinos, el lugar era el ideal para no llamar la atención de nadie con los inusitados sonidos.

—Los hombres suelen rebotar más que las mujeres —me advirtió Denise.

El iniciante siempre actúa como sumiso durante la sesión y este rol es menos habitual en los hombres, por lo que pocos están hechos de lo necesario para tolerarlo.

Pero formar parte de la hermandad significaba estar dispuesto a todo. Dar órdenes es fácil, cumplirlas requiere de mucha voluntad. Si realmente quieres entrar, lo logras; si dudas, quedas fuera.

No había lugar en el grupo para aquellos de parva perversión. Todos teníamos algo en común y eso hacía especial a la fraternidad, si lo perdíamos, corromperíamos todo.

Luego de una pequeña espera, trajeron al hombre descalzo, con la cara tapada y una campera gigante que lo cubría hasta los muslos. Lo desnudaron, del mismo modo que lo habían hecho conmigo, pero llevaba algo diferente.

No tenía una venda como la que usé yo, sino que una máscara con forma de media cabeza de cerdo cubría su rostro. Él no podía ver a través de ella, pero estaba recortada a la altura de su boca.

Las chicas se miraban entre sí y, mediante señas, cada una anticipaba lo que iba a hacer. Había caras de aprobación y de desaprobación ante las inexorables respuestas del hombre.

Lo azotaron en la espalda, en las nalgas y con cachetazos lo hicieron escupir. Las chicas empaparon sus vaginas en su boca e hicieron lo mismo con sus anos y pechos.

En un momento, dos de ellas le practicaron sexo oral y su tarea era soportarlo sin eyacular, o avisar si estaba pronto a hacerlo para que se detuvieran.

Una de ellas pasaba su lengua por sus testículos y la otra le chupaba el miembro con asombrosos movimientos, pero no toleró tanta estimulación.

La chica se corrió hacia atrás, escupió el semen en el piso y dirigió sus ojos hacia las demás, comunicando, solamente con su mirada, que el hombre había fracasado.

Volvieron a ponerle la ropa que traía y, sin quitarle la máscara, lo llevaron hasta el auto en que lo trajeron para luego devolverlo a su casa sin miramientos.

—¿Cómo se aseguran de que no diga nada? —le pregunté a Denise.

—Él no sabe dónde estamos ni quiénes somos. Apenas conoce a la persona que lo invitó. Nadie podría creer su historia —me respondió.

Aunque el aspirante no haya logrado ingresar, cada vez que se hacía una iniciación también se organizaba una reunión. Esa noche volvimos al campo y nos encontramos todos allí.

Nuevamente, las historias y las bebidas nos acompañaron mientras la luz de una fogata era todo lo que iluminaba nuestros rostros. Todo se trataba de festejos y erotismo allí. Nadie podía quedarse sin divertirse.

Me puse algo cariñosa con uno de los chicos y comenzamos a besarnos. Decidimos hacer un juego entre ambos: besos con lengua y caricias, pero nada de sexo durante esa noche.

Controlar nuestros cuerpos fue algo tan torturador como divertido. A medida en que avanzaba el tiempo se acumulaba la excitación y el deseo nos llevaba a desconectarnos de lo terrenal para adentrarnos en lo sensorial.

Cuando fluíamos en el viaje a tal punto de perder la noción del tiempo, pausábamos los motores carnales y volvíamos al lugar en el que estábamos. Aunque a mí me delataba la humedad y a él la rigidez que erigía debajo de sus pantalones.

Luego del curioso juego, tuve la oportunidad de conocer más cosas sobre la fraternidad, como la despedida de año. Allí era donde se juntaban, comían, bebían y luego, cuando estaban borrachos, todos se desnudaban para dar comienzo a una orgía al aire libre.

Había muchos días del calendario en los que se juntaban para hacer alguna cosa específica. Trataban de mantener tus tradiciones sin hacer ninguna excepción. En esas épocas era muy extraño que alguno faltase.

El último sábado de cada mes era el día del control, algo muy similar a lo que yo estaba haciendo unos minutos antes.

Se hacían parejas de dos o más personas y se excitaban hasta que sentían que no podrían subir más la temperatura, pero, durante esa noche, estaba prohibido eyacular o tener un orgasmo.

Si no se podía controlar, había que avisar a la pareja para que se detuviera por un rato y así "bajar los humos" para luego continuar. Con esa tradición era solo cuestión de tiempo para aprender a autocontrolarse.

También había un día en el que solamente se realizaba sexo oral y otro en el que solo se practicaba sodomía. Del mismo modo, había un día de la mujer, en donde todas nosotras debíamos ser dominantes y amas de nuestros sumisos hombres.

Existía un día en el que cada uno debía contar una anécdota sexual a todo el grupo, y otros días en los que se practicaban juegos que, generalmente, iban acompañados de retos para los perdedores.

Cada cosa nueva que aprendía de la hermandad me unía más a ella, me hacía querer a cada uno de los integrantes como si fuéramos todos una gran familia unida por un gusto particular. Y esa mañana había vuelto a mi casa con mucha más información.

* * *

Un llamado que esperaba con ahínco, pero que no creía que llegase tan pronto, decidió hacerse presente, iluminando cada poro de mi rostro.

—Llegó tu momento —dijo Denise con alegría— Tendremos una iniciación el sábado.

La noticia me hizo estallar de felicidad. Me habían dicho que de vez en cuando había muchas iniciaciones consecutivas y que, en otras veces, pasaba un largo tiempo hasta un nuevo reclutamiento.

Evidentemente, venía haciendo uso de una buena suerte que parecía no agotarse, y mi oportunidad de una nueva y deseada experiencia estaba golpeando la puerta.

Pensé durante los días restantes en todas las

cosas que quería hacer con el iniciante. Nunca había penetrado a un hombre, ni mucho menos lo había golpeado con un látigo y tenía el presentimiento de que me gustaría tanto como cuando yo estuve en ese lugar.

Entrenaría con él para luego decidir qué me gustaría repetir con alguien del grupo. Mi creatividad durante ese tiempo estaba más activa que nunca y esperaba no perderla cuando realmente la necesitara.

El sábado llegó y Denise estaba en la puerta, esperando por mí. Apenas entré en su auto y me preguntó si me sentía lista para hacerlo, a lo que respondí enfáticamente que sí.

Durante el viaje le comenté sobre todas las cosas que quería hacerle al iniciante. Su respuesta, entre carcajadas, fue que si me dejaban a cargo de ellos pronto nos quedaríamos sin hombres nuevos.

Llegamos a la casa y, como se estaba haciendo algo tarde, comenzamos a desnudarnos antes de que llegase el iniciante para ganar tiempo.

Teníamos a nuestro alcance todo tipo de elementos que pudiéremos necesitar: látigos, dildos, lubricantes, mordazas y una caja llena de juguetes para soltar la imaginación.

La presentación fue la misma que la vez anterior. Una máscara de cerdo con la boca al descubierto, descalzo y una campera gigante con capucha.

Pero cuando comenzaron a desnudarlo, me quedé completamente atónita. El desconcierto fue tan desmesurado que me preocupó que alguna de ellas lo notase.

Mi corazón aumentó la velocidad de las palpitaciones a niveles galopantes, parecía querer salir corriendo de mí, y mis huesos trasladaban esa sensación a todo mi cuerpo.

Mi visión se nubló y por un instante sentí que iba a caerme. Retrocedí, me froté los ojos e intenté corroborar si lo que veía era real. Y lo era.

El iniciante era nada más ni nada menos que Brandon, mi exnovio.

En ese momento debía hacer la seña de reunión e informarle a las demás acerca del detalle que desconocían. Consiguientemente, lo llevarían de vuelta hasta su casa y darían por terminada la reunión, pero, en realidad, eso no era lo que quería.

Ante mis ojos se desnudaba una oportunidad única de vengarme por todo el daño que él me había causado. Lo conocía más que nadie, y sabía que la sumisión no era de su agrado.

Estaba segura de que había llegado aquí porque alguien le había dicho que, luego de pasar la prueba, podría dominar a otras chicas. Probablemente creyó que este era el precio que debía pagar para tal fin, pero no sabía quién fijaría el importe ni a cuanto ascendería.

El chico que me había enamorado como a una idiota para luego acostarse con quien era mi mejor amiga, esta vez, estaba del otro lado del mostrador.

Ahora era yo quien había pasado a tener el poder de dañarlo, la gratificante potestad de la vendetta, que no dejaría pasar de largo.

Pero si hacía esto debía asegurarme de que no aprobara la iniciación. Si lo lograba, luego me reconocería y ambos seríamos expulsados.

Tampoco debía dejar que oyera mi voz, porque podría reconocerla al instante. Tenía que ser cautelosa, fingir que no conocía al detractor de mis ilusiones y hacer que no pasara la prueba.

* * *

Desnudo y a la deriva de mis insanas intenciones, Brandon oía las palabras que anteriormente habían atravesado mis oídos. Denise le estaba grabando a fuego todo lo que podía hacer y lo que no, cuando y como.

Ella me miró, anunciándome con sus gestos que podía comenzar a hacer todas aquellas cosas que le había platicado. Tomé el látigo y, con pasos imperceptibles, me paré detrás de él.

Todavía recuerdo su cuerpo erguido dando un salto digno de un atleta después de que el cuero del látigo dibujase una línea roja en sus nalgas.

Vi como cada uno de sus músculos entraba en conflicto con sus intenciones, y no había nada que pudiera ser más placentero para mí en aquel momento.

Le respondió con otro brinco al latigazo siguiente, su trasero estaba rojo, pero seguía sin decir nada. Quizá con otro golpe quedaría fuera, pero yo no era tan afable como para darle el gusto de acabar el espectáculo tan pronto.

Me pare delante de él e intenté reproducir en mi mente el trágico momento que me había llevado hasta donde estaba. Recordarlo con Anabella era el combustible de la cólera que hervía en mi sangre.

Agarré su miembro desde la base, cogiendo hasta sus testículos con la misma mano, y comencé a apretarlos. Observé su cara, como se lentificaba su respiración y disfruté cada segundo. Pero había algo más, algo que deseaba con desvelo antes de tirar abajo su muralla.

Tomé el lubricante y el dildo más grande que encontré, hice la seña para que lo inmovilizaran y me dediqué a preparar mi preciado juguete antes de ponerlo en acción.

Él estaba de espaldas, con las manos atadas a un metal que, con ese propósito, se desprendía de la pared. Sus pies estaban sujetos a otro caño que estaba más abajo y apenas podía moverse, sutilmente, hacia adelante y atrás.

Moría de ganas de decirle al oído quién era yo y

qué es lo que iba a hacerle. Quería ver su reacción al saber que su exnovia estaba detrás de él con un dildo muy lubricado en la mano, pero esto no era posible.

Lo que sí podía hacer era divertirme. Así que toqué apenas su ano con el dildo y contrajo sus asustados glúteos. Al parecer se había dado cuenta de lo que ocurriría a continuación y su cuerpo no estaba para nada de acuerdo.

Denise, pensando que yo lo había olvidado, se acercó y le dijo que a partir de ese momento podía gritar si quería, que con un simple "no", todo se detendría.

Podría apostar que esas palabras lograron una metástasis de su miedo hasta en los rincones más recónditos de su cuerpo.

Apenas ejercí un poco de presión, penetrándolo quizá con un centímetro de la parte más delgada del dildo, y él ya gritaba del mismo modo que lo hacían las que él llamaría "unas malditas perras".

Parecía que estaba por pedir auxilio, pero probablemente no quería ser derrotado por "unas simples mujeres", y aguantaría lo que tuviese que aguantar para demostrar su "hombría".

La chica que lo había traído hasta acá, detectó que no soportaría mucho más y decidió torcer la dirección torturante de la sesión hacia algo más apacible para él.

Se posicionó en el espacio que había entre él y la pared, se arrodilló y comenzó a chupársela. Vi como se distendía su cuerpo por el placer e hice crujir mis dientes.

Realmente me estaba molestando. Ver como él lo disfrutaba y lo bien que la chica se lo estaba haciendo, me provocó una confluencia entre celos y odio, pero el odio era hacia mí misma por sentirlo de esa manera.

La saliva caía de su boca, formando un hilo líquido que se derramaba en sus pechos y viajaba hasta su vagina. Con una mano lo masturbaba, como marcando el tope de su garganta, y con la otra clavaba sus uñas en una de las piernas de él, para no dejar de lado el dolor.

Traté de ser inteligente y de canalizar todas aquellas emociones en algo fructífero que me garantice algún tipo de satisfacción. Solamente pasaron algunos segundos y algo maravilloso se me ocurrió.

Sin que nadie se diera cuenta, derrame algo de lubricante en el piso y traté de detectar el momento en que Denise dirigiera su mirada hacia mí.

Cuando ella lo hizo, fingí resbalarme sobre el charco de aceite y, en un pequeño y fugaz instante, metí casi todo el dildo dentro del ano de Brandon.

Su grito ensordecedor y las venas resaltadas en su garganta, fueron apenas el inicio de una sucesión de hechos que lo convertirían en un calvario para él.

Cuando sintió la penetración del dildo en su trasero, su acto reflejo fue llevar todo su cuerpo hacia adelante, lo que produjo que se la metiera de golpe en la garganta de la chica que se lo estaba chupando.

Cuando ella sintió el repentino golpe del pene en su garganta, su respuesta instintiva fue cerrar la boca con el miembro de Brandon aun dentro, dejándole marcados los surcos con sus dientes.

Él solo debía decir que no una vez para que todo se detenga, pero en ese momento comenzó a gritar que no de manera compulsiva, y no se detuvo hasta que se lo pidieron por vigésima vez para poder desatarlo.

Ante la posibilidad de que surja algún inconveniente, el dueño de la casa siempre permanecía ahí. Lo llamaron y bajó para calmar la estruendosa situación.

Logró que Brandon deje de gritar, pero todavía respiraba como si hubiese corrido la maratón más larga de su vida. No había fantasmas en aquel lugar, pero él parecía haber visto al más tenebroso.

Todo esto causó en mí una satisfacción maquiavélica, como si en ese momento hubiese desenterrado el cadáver doloroso de mi pasado y en su lugar hubiese puesto un bucle de carcajadas.

Pero aún no había terminado, la cuota final de gracia fue verlo intentando quitarse el dildo. Nunca había tenido algo allí dentro y, al parecer, no sabía que también dolía mientras salía.

Luchó contra él por un buen rato hasta que, luego de mucho reniego e insultos a todo el mundo, logró quitárselo.

Lo observé minuciosamente y lo vi en buen estado. No tenía nada grave su pene, más que un color rojizo y la marca de los dientes, pero en unos días se le pasaría. Quizá tendría problemas si intentaba tener sexo antes de esperar un tiempo, pero nada más que eso.

Cuando se lo llevaron me acerqué a Denise, puse mi mejor cara de preocupación y le pedí disculpas por haberlo arruinado.

—Tranquila, no es la primera vez que nos pasa. Ahora tendrás una muy buena historia para contar en el día de las anécdotas —me respondió.

Capítulo VII: Consagración (final)

De camino al campo, me recosté sobre el asiento con la paz de un monje budista. Por fin había logrado quitarme de encima el peso del odio y la venganza que había cargado durante tanto tiempo.

Esa noche debía ser festiva para mí. Bebí mucho y reemplacé esa sensación de dolor y traición que invadía mi mente al oír su nombre, por el alegre y jocoso recuerdo de lo que había pasado.

Nadie entendía qué era lo que regocijaba tanto a aquella risueña jovencita, y nadie nunca debía saberlo. Mi felicidad era ostensible, pero el motivo tenía que mantenerse clasificado como confidencial hasta el final de los días.

Luego de obsequiarle sonrisas a todos los presentes mientras me acababa sus tragos, encontré al chico de los besos férvidos y las caricias volcánicas con el cual tenía algo pendiente desde el encuentro anterior.

Estaba tan ebria que quizá provocaba gracia, pero lo tomé de la camisa y le pedí que me acompañara. Busqué con éxito a Daniel y luego llevé a ambos hasta la casa, como si fuesen mis mascotas.

—Hoy quiero mucho placer —les dije mientras ellos se miraban e inescrupulosamente se preparaban para dármelo.

Tomé dos máscaras de payasos macabros y se las coloqué, estas tenían dos orificios para los ojos y yo quería que pudiesen verme haciéndoselos, busqué dos esposas e inmovilicé sus manos contra sus espaldas.

—Esta noche no habrá sumisos ni dominantes, sino que seremos lo que yo quiera en el momento que me apetezca —sentencié sin darme cuenta de que eso me convertía en ama de aquellos enardecientes cuerpos.

Ellos estaban sentados sobre la cama, con sus manos en la espalda y su curiosidad enfrente, dispuestos de manera fehaciente a lo que sea que pasara por mi cabeza.

Lentamente les desprendí los pantalones. Rocé a propósito sus partes erógenas y les quité sus prendas interiores. Únicamente los cubría sus camisas, pero desprendidas.

Dejé ahí esas telas que intentaban esconder los marcados abdominales, delimitados por un notorio cinturón de adonis, como si fuese una corona de laureles. Era un deleite que estimulaba el punto g de mis pupilas.

El color claro de sus camisas contrastaba con las pieles tostadas de sus fornidos cuerpos. Eran como dos manjares cautivantes, y todo lo que yo quería era devorármelos.

—Nada de acabarse sin mi permiso.

Me llevé el miembro de Daniel a la boca, pero sin olvidar al otro chico, a quien con una mano comencé a darle suaves caricias.

Colmé mi boca de la flácida y ardiente piel, la amasé con mi lengua y la succioné como exprimiéndola. Y si bien esta descripción parece expresar un intento de despojo de vida, paradójicamente para el mundo de las palabras, esto lo vivificaba.

Sentí como crecía lo que tenía en la boca a la misma velocidad que lo hacía la piel que estaba en contacto con mi mano. Eran segundos que transformaban lo suave y débil en algo rústico, brusco y vasto.

Tenía las partes más endebles de aquellos hombres en mi poder, pero a la vez, eran como las llaves que encendían sus motores.

Podía sentir como, con aquellos simples contactos, su atención, sus deseos y todo lo que pasaba por sus cabezas se resumía a una sola cosa. Sus corazones parecían bombear sangre únicamente para mantener sus miembros firmes, duros y plenos.

Quizá el uso de esposas y elementos de inmovilización sea simplemente simbólico o decorativo. El verdadero control se obtenía simplemente ejerciendo el contacto justo en el punto justo.

Estimular el lugar óptimo no solo quita todo lo demás de la mente, sino que también puede privar, alternadamente, todo lo sensorial. Optimizando así lo que es más fuerte y más ardiente, o lo más suave y gélido. Pero siempre en los extremos.

Podría detenerme y pedirles lo que quisiera, ellos accederían. En ese momento solo querían una cosa y darían lo que fuera para tenerla: la destrucción.

La destrucción de mi boca y de todo mi cuerpo, en un acto que mezcla, de manera incomprensible quizá para nuestro corto entendimiento, la violencia con el placer. Hacer el amor es hacer una guerra, deshacerse, unirse y romperse.

Durante el coito las parejas se insultan, los cuerpos se golpean y ambos desean solo más y más rudeza. Y, aun en aquellos que prefieren la suavidad y el lánguido sexo, no pueden evitar que mediante la penetración los cuerpos colisionen.

Quizá "hacer el amor" haga honor a su verbo y mediante la violencia se llega a la conclusión, al producto terminado, al pacífico momento en donde el amor está hecho.

Pero aquella guerra recién comenzaba, y el ejército comandado por mi libido me ordenaba besarlo de arriba abajo, a mover mi cabeza con velocidad y a superarme en cada repetición.

De a ratos me detenía y lo hacía más lento, intentando provocar distintas sensaciones. Pasaba apenas mi lengua, con delicadeza, llegando hasta la parte rugosa de abajo para volver a subir y jugar con su glande.

Me sentía inspirada para experimentar, quería derrotar su defensa y corromperlo. Deseaba hacerlo enojar como a un animal que luego soltaría para que viniese a por mí.

Llené mis pechos de aire y me metí su miembro en la boca hasta que ya no quedaba nada afuera. En ese momento, cuando mi garganta se encontraba colmada de su masculinidad, logré sacar mi lengua y con el ápice acaricie sus testículos.

Me mantuve allí, tratando de contener la respiración mientras movía suavemente mi lengua y la saliva se escapaba por los bordes de ella, hasta que Daniel me interrumpió.

—Detente o eyacularé.

Esas palabras elevaron mi autoestima hasta las nubes. Había logrado destruir el control de un hombre que era reconocido por esa característica y le había demostrado a quien se enfrentaba.

El otro chico jugó sus cartas para que se lo hiciera, intentó provocarme diciéndome que él aguantaría más y accedí. Pero apenas moví mi lengua un par de veces y, mientras sentía sus contracciones en mi garganta, suplicó que me retirara para no romper la regla.

—Putita, si me quitas las esposas voy a demostrarte como se usa la lengua —me dijo Daniel con el tono del animal que tanto había querido despertar.

Con una sensual sonrisa apoteósica, enderecé mi cuerpo y me levanté para luego soltarlos, pero me dejé llevar unos segundos por la leve hipnosis de la imagen que tenía delante de mí.

Quizá haya influido el alcohol en mi percepción, pero esos cuerpos pulidos por los mismísimos dioses emanaban tanta belleza que manipulaban mis ojos y los hacían viajar hasta sus duros y mojados dotes.

Mi cautivación por aquel paisaje, mezclado con mi ebriedad, concluyó en una torpe caída que invocó el fluir de las carcajadas.

Ya consciente del estado en el que me encontraba, me levanté del piso y, luego de quitarles las esposas, me recosté en la cama para evitar otro desliz. Miré hacia el techo, extendí mis piernas y le entregué mi cuerpo a la imaginación de los hombres.

La húmeda lengua de Daniel comenzó a subir a través de mis piernas, produciéndome un agraciado cosquilleo y fuertes ansias de que llegase a su destino. Cerré los ojos y traté de contener los bruscos movimientos que mi cuerpo quería esbozar ante tales sensaciones.

Dibujó un lento y largo trayecto, pero, cuando llegó, hizo que la espera valiera la pena. Colocó su empapada lengua en el hueco de mi vagina y, abriéndose paso por mis labios, emprendió otro pequeño viajecito hasta mi clítoris.

Cuando llegaba hasta allí se detenía y me daba un suave y ruidoso chupetón. Me miraba a la cara y comenzaba a hacer tenues, bonancibles y húmedos movimientos en forma de círculos. Luego bajaba su mirada y repetía el viaje otra vez.

También se detenía más abajo y presionaba como intentando penetrarme con su lengua. Mis piernas deseaban apretar su cabeza con la fuerza de una prensa de banco hasta que entrase en mí, y él lo sabía, por lo que me apretujaba cada vez más y más.

El otro chico no quiso perderse la fiesta y decidió emplear también su lengua. Besaba mi cuello con pasión, bajaba hasta mis pechos y mordía sutilmente mis pezones.

Luego subía y, mientras me tomaba del cabello, nuestras bocas parecían fusionarse en una bravía conexión e intercambio de fluidos que humedecía nuestros labios.

Daniel siguió haciendo lo que en ese momento se sentía como magia. Alejaba su cara y me escupía, luego desparramaba todo con su lengua mientras su compañero me mordía suavemente los labios.

Mojó uno de sus dedos y decidió explorar mi cola con su tan acertada perspicacia. Una parte de su saliva caía por la línea divisoria de mis nalgas, pero su boca urgía tras ella y no dejaba escapar ni una gota.

Cuando por fin decidió finalizar de embelesar mi ya desesperado cuerpo, comenzó a penetrarme, provocándome una sobresaliente sonrisa. Quizá suene tonto, pero deseaba tanto que lo hiciera y fue tan satisfactorio que involuntariamente la solté.

Estaba tan lubricada por el trabajo que había hecho, que su miembro entró con una facilidad increíble. Mi vagina se expandía a su paso, invitándolo a ingresar a lo más profundo de mí.

Mientras él me lo hacía, yo comencé a masturbar al otro chico, aunque no demoró mucho en acercar su miembro a mi boca para que le practicase sexo oral. En ese momento me propusieron un juego: chupársela a él al mismo ritmo en el que Daniel me follaba.

Quizá una de las cosas que siempre me encantó del sexo en la hermandad, fue que continuamente encontraban algo para coordinar el trabajo de todos los involucrados.

Siempre hacían aun más divertido el placer con alguna tontería que condimentaba el coito de modo ameno.

Todo se volvía una mixtura de placer, retos, entretenimiento y, por supuesto, más placer. La satisfacción jamás parecía tener un límite allí, siempre se podía gozar un poco más.

Daniel aumentaba su velocidad, obligándome a hacer lo mismo y luego se detenía. Me penetraba con profundidad para que yo me tragase el miembro y luego me lo frotaba en el clítoris para que yo lo hiciera con mi lengua en su glande.

Luego intercambiaron sus lugares, pero mantuvimos el juego. El otro chico también hizo que me esforzara, pero pronto lo comencé a hacer de forma automática, como si nuestros cuerpos se conectaran en una misma conciencia, involucrados, pero aun más allá de lo carnal.

En ese momento, en el que todo se volvía espontáneo, era cuando viajaba por los aires del disfrute y me sumergía en un mar de orgasmos. Era donde comenzaba a gemir desenfrenadamente aunque tuviese la boca ocupada y en donde todo se sentía más agudo.

Cada parte de mi cuerpo se contraía y se liberaba, se entregaba y se desfogaba. Cada gota de aire era única, del mismo modo que cada segundo se enlentecía y todo el resto del mundo carecía de importancia.

Los tres alcanzamos el clímax esa noche. Ellos tuvieron la traviesa idea de derramar su semen de forma conjunta sobre mis pechos, y mi perversión recibió eso con regocijo.

Si bien su astucia me había tomado de sorpresa, comencé a desparramar con lujuria por todo mi cuerpo el caliente y espeso líquido que me habían vertido.

Lubriqué mis pechos y me llevé las manos a la boca como si la lascivia jamás hubiese mermado, haciendo que sus ojos se queden fijos en mí y que no logren perder su erección.

Aquel lance me obligó a tomar un cálido baño para quitar los pegotes de mi cuerpo. Tras volver, los encontré dormidos sobre la cama y me resultó irresistible acompañarlos. Así fue como los tres nos quedamos allí dormidos.

* * *

El sol entró por la ventana y nos descubrió a los tres desnudos. Ya todos se habían ido y éramos los únicos seres vivos allí. Nos vestimos, limpiamos todo y luego nos preparamos para volver a nuestros hogares.

El chico subió a su auto y me quedé con las ganas de conocer su nombre, pues ya se había marchado cuando me di cuenta de que no se lo había preguntado, pero tarde o temprano nos volveríamos a ver.

Daniel fue quien me llevó hasta mi casa. Tuve que hablar con él durante todo el camino para evitar que se quedara dormido, por lo que le pedí que me contara más de esas cosas graciosas que le ocurrían en el trabajo.

Así fue como, entre rizas mañaneras, entramos a la ciudad y atravesamos las calles atestadas de personas apresuradas. No importaba cuanto tiempo llevara allí, nunca entendería por qué las personas tienen tanta prisa durante la mañana.

Cuando llegué a mi departamento, mi cama parecía más cómoda que nunca y, con un insoslayable sosiego, volví a cerrar mis ojos para dejarlos así por un buen número de horas.

Luego de un baño despertador que liberó mi numen, comencé a volver con aquellas rutinas que había discontinuado. Reordené mi agenda y tomé los apuntes de la universidad.

Durante esa semana todo volvió a la normalidad. Cursaba por las mañanas, estudiaba durante la siesta y al resto de la tarde lo repartía entre ocio y entrenamiento.

No planifiqué mis noches, pero las frecuenté con chicos del grupo, con quienes nos juntábamos a compartir un buen momento. Algunas veces fue una comida, otras una bebida, pero en varias ocasiones fuimos mucho más allá.

A partir de aquí es en donde el tiempo comienza a acelerarse. Esto no es exclusivamente a los fines de la historia, sino que del mismo modo lo viví.

Los meses pasaron y cada uno de ellos me enseñó algo. Estuve presente el día de las felaciones, el de la sodomía, el del control, en la despedida de año y en todos los demás eventos que se fueron desarrollando.

De hecho, decidimos de forma unánime agregar un evento más: el día del curioso. En esta fecha, cada uno debía hacer algo que antes no había hecho, y era válido para todo tipo de cosas.

Podía ser algo simple como un juguete, una pose o una bebida, pero nadie quedaba exento de participar. En este día todos debíamos descubrir algo nuevo sobre nosotros mismos.

Pude participar activamente en la hermandad, mantener una vida saludable y llevar mi carrera al día hasta recibirme.

Uno de los hombres del grupo tenía una empresa de seguridad informática, ahí comencé a trabajar mientras cursaba el último año de la universidad y continué luego de egresar.

Logré conocer a cada uno de los que formaban parte de la fraternidad, pero esto es un trabajo constante que llevo a cabo hasta el día de hoy, dado que se han integrado cada vez más personas.

Ahora somos una familia enorme. Estamos al tanto de todas las innovaciones y compramos todo lo que sale al mercado, siempre y cuando guarde relación con el placer sexual o la diversión grupal.

También decidimos crear un fondo de donaciones y, gracias a él, compramos una pantalla gigante en la que trasmitimos porno de vez en cuando, pero solo del bueno.

Le di órdenes a decenas de hombres y la misma cantidad de ellos se apoderó de mi cuerpo. Nos usamos mutuamente para saciar un sinfín de deseos pervertidos que no paraban de surgirnos.

Me convertí en lo que me habían llamado una vez: una chica switch. Pero no me quedé solo con eso, sino que también experimenté estar con otras mujeres y, para ser franca, fue algo que me gusto con demasía.

Durante un tiempo también me volví reclutadora. Llevé nuevos cuerpos a la hermandad, tantos hombres como mujeres, y fue una actividad muy divertida conocerlos.

Si percibía que alguien tenía gustos compatibles con las cosas que hacíamos, trataba de comprobarlo. Luego, si me parecía bueno o buena, le regalaba una vaga idea de lo que era e invitaba a realizar la iniciación.

Muchos de ellos se convirtieron en leales miembros de la hermandad, pero los que rebotaron no significaron una pérdida de tiempo, ya que nos dejaron graciosas anécdotas para compartir.

Cada cosa que hacía para la fraternidad estaba colmada de una vasta vocación. Me comprometía con tanta dedicación que muchos de los novatos creyeron que yo había sido la fundadora.

Brandon siguió escribiéndome durante algunos meses más, pero cada vez que veía su nombre en mi celular, un tumulto de carcajadas que nadie entendía se apoderaba de mí.

Esto duró apenas un corto tiempo. Luego de tantos mensajes sin respuesta, su insistencia entró en un deceso que, para mi suerte, se mantiene hasta el día de hoy.

Durante mis días en la universidad, me crucé en varias ocasiones a Anabella, pero ella siempre desviaba su mirada cuando se percataba de que yo estaba cerca y actuaba como si no me hubiera visto.

Probablemente sentía vergüenza por lo que había hecho y por eso actuaba de tal forma, lo podía percibir en su rostro. De todos modos nunca me dijo nada al respecto y, francamente, fue lo mejor que pudo hacer.

Me volvía hilarante cuando contaba mis historias durante los días de contar anécdotas. Estos se habían convertido en uno de mis favoritos, tanto por lo que escuchaba como por todo lo que tenía para decir.

Quizá algún día me ponga a escribir aquellas anécdotas, o tal vez redacte un libro compilando las historias más interesantes del resto de miembros de la hermandad. No lo sé.

* * *

En mi vida tengo todo lo que necesito. Un trabajo que me gusta, que me permite pagar mis facturas, darme algunos lujos y hasta ahorrar de vez en cuando.

Estoy rodeada de gente maravillosa con la cual puedo compartir momentos fabulosos y también el mejor sexo que existe, sin preocuparme por los prejuicios o por lo que puedan decir de mí, ya que aquí todo se dice a la cara.

Comprendí que "un polvo" no arruina la amistad cuando las reglas están claras y la comunicación es efectiva. También aprendí a ir por aquello que me apasiona y a decir que no cuando algo no me gusta.

Entendí que hay momentos para ser sumisa y otros para ser dominante, tanto en el sexo como en todas las cosas de la vida. Y que esto depende exclusivamente de lo que yo quiero, no de lo que los demás quieren o esperan de mí.

Pero sobre todo, comencé a ver el mundo con otros ojos que me permiten disfrutarlo de otra forma. Sin prejuicios medievales ni vacilaciones contraproducentes.

Mi historia llega hasta acá, pero si esperaban encontrar alguna enseñanza o algo para sus vidas, solo puedo decirles que persigan sus pasiones y nunca desistan de luchar por ellas.

A veces la lucha es con uno mismo y con aquellos recelos infundados que cargamos. Pero solo es cuestión de quitarnos las gafas que nos han puesto desde pequeños para poder ver las cosas como realmente son.

La única forma de hacer que las cosas sean como queremos que sean, es comprendiendo y viendo como son en realidad, ese es el primer paso elemental para transformar todo nuestro entorno a nuestro gusto.

Aléjense de aquellas personas que los consumen, de los que cargan su vida de negatividad y no les producen más que problemas y malos momentos.

Rodéense de gente que les aporte sentido a sus vidas, de aquellos que les produzcan el deseo de estar juntos cuando no están presentes. El mundo está lleno de estas personas, simplemente que a veces nos cuesta verlas o encontrarlas.

La vida no es más que una construcción gigante en la que cada día decidimos si agregamos o quitamos un ladrillo. Si los cimientos de este edificio no son sólidos, tarde o temprano se derrumbará.

Nunca es tarde para volver a empezar. Si sienten que las cosas no van como quieren, quiten esos ladrillos rotos y reemplácenlos por otros sanos. Y si es necesario destruir todo, solo háganlo y comiencen de nuevo sobre una base más fuerte. Si se rodean de gente que vale la pena, ellos son quienes le ayudarán.

Recuerden que sus vidas son su propiedad, y pueden hacer con ella lo que más prefieran. Aquellas personas que no hacen más que hablar sobre lo que hacen los demás, ponen de manifiesto su insignificancia gastando su tiempo de tal manera.

En fin, como dijeron los sabios franceses: *"laissez faire, laissez passer"*

FIN.

kaluarba96@gmail.com
Abril, 2020